ロシア
ウクライナ
ルーマニア
モルドバ
ウラル川
ヴォルガ川
カザフスタ
ブルガリア
黒海
イスタンブール
カスピ海
アラル海
シルダリヤ川
ジョージア
アンカラ
トルコ
カイセリ
アルメニア
アゼルバイジャン
ウズベキスタン
アムダリヤ川
ヒヴァ
タシケント
ブハラ
サマルカンド
トルクメニスタン
ドゥシャンベ
アシガバット
タジキス
地中海
シリア
ティグリス川
テヘラン
マシュハド
バルフ
ダマスカス
イスラエル
バーミヤーン
イラク
ザグロス山脈
イラン
エルサレム
アンマン
バグダッド
ペシャワ
ヨルダン
ユーフラテス川
アフガニスタン
カイロ
バスラ
イラン高原
カンダハール
クウェート
ペルセポリス
シーラーズ
エジプト
ネフード砂漠
ペルシャ湾
パキスタ
バーレーン
カタール
メディナ
サウジアラビア
リヤド
カラチ
紅
アラブ首長国連邦
マスカット
砂漠
スーダ
オマーン
イエメン
アラビア海
サヌア
エチオピア
ソマリア
0
500
1000km

美しい

Episode弓を一のめ心に
よって 連結結せしめよ！

西域異聞と
之印佐申な
居せむべうるか

雁の童子

末定稿

近代的の自懴白彩と

熊と

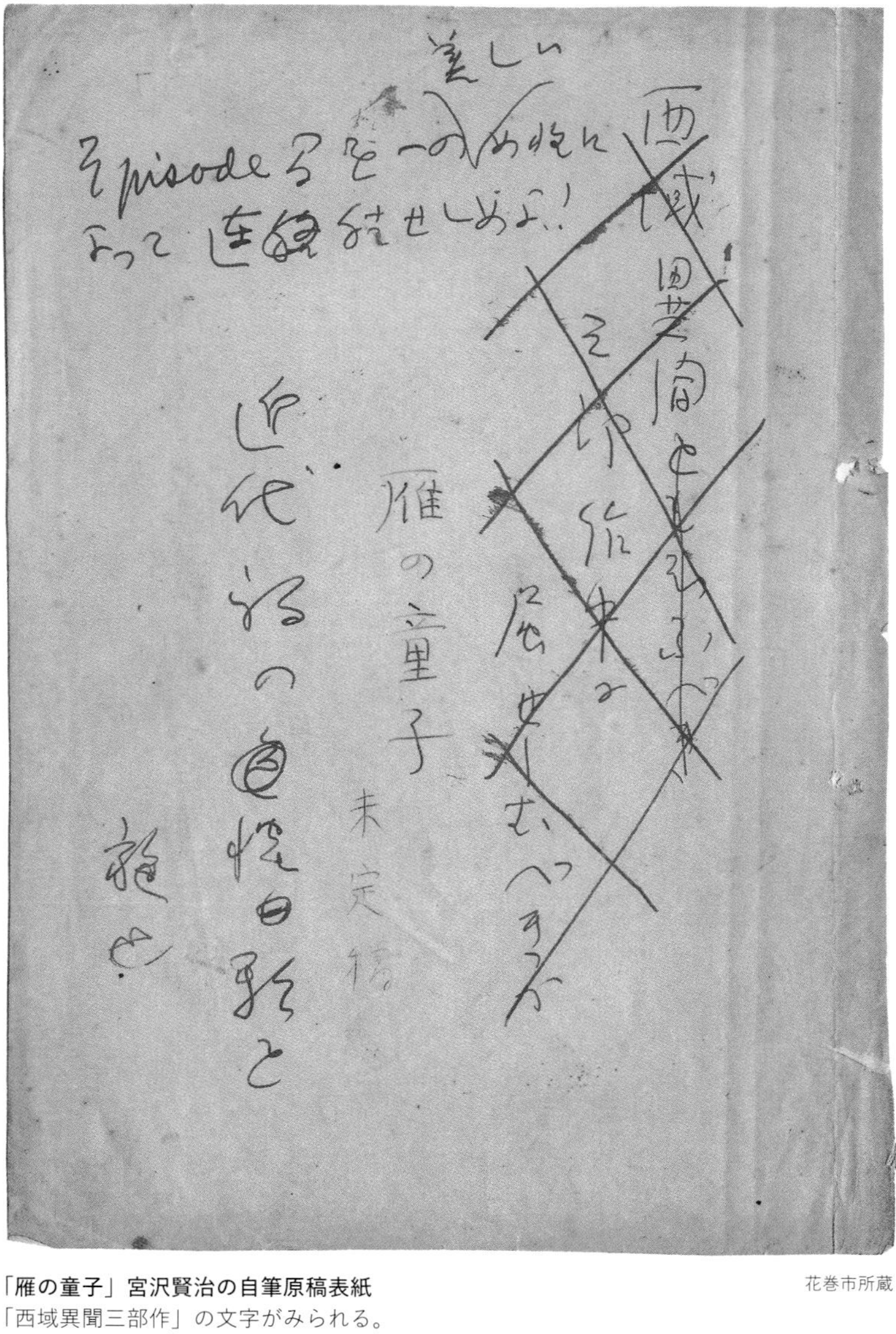

「雁の童子」宮沢賢治の自筆原稿表紙
「西域異聞三部作」の文字がみられる。

花巻市所蔵

宮沢賢治　教壇に立つ宮沢賢治。　資料提供：林風社

宮沢政次郎夫妻と多田等観　花巻市博物館所蔵
多田等観が、昭和31年、見舞いのため、宮沢賢治の父政次郎を訪ねた。
前列中央・父政次郎、左・母イチ、右・多田等観。

花巻市博物館所蔵

ダライ・ラマ13世（上）　琥珀製龕仏《がんぶつ》（下）

多田等観の帰国に際し、ダライ・ラマ13世から下賜されたお守り。
中にダライ・ラマ13世が造った十一面観音が納められている。

帰国後の多田等観 花巻市博物館所蔵

チベットでダライ・ラマ13世の庇護のもと10年に及ぶ修行を終え、
ゲシェー（仏教博士）の資格を得て帰国した多田等観（大正12年頃）。

八千《はっせん》頌《じゅ》般若《はんにゃ》波《は》羅《ら》蜜《みっ》多《た》経《きょう》

花巻市博物館所蔵

紺色に染められた紙に金泥で大般若経が書かれたチベットの経典。
請来資料の中で最も古い資料。

花巻市博物館所蔵

文殊菩薩座像

知恵の象徴・文殊菩薩座像。右手は与願印で肩に剣の乗った蓮華、左手は施無畏印で肩に般若経の乗った蓮華を持つ。ラピスラズリとトルコ石が象嵌されている金銅製仏像。高さ15.2㎝、18～19世紀の作。

釈尊絵伝　右１図　花巻市博物館所蔵

ダライ・ラマ13世の遺言で多田等観に送られてきた、ポタラ宮の秘宝ともいわれる釈尊絵伝。釈迦の全生涯を120の説話に描いたもの。右１図は、絵伝最初の一幅であり、右側下方は釈迦誕生の場面が描かれている。左１図は、後半最初の一幅で、三道宝階降下が描かれている。

釈尊絵伝　左１図

花巻市博物館所蔵

花巻市博物館所蔵

釈尊絵伝　左１図　三道宝階降下

忉利天から地上に降りる釈迦。中央の瑠璃の階段を釈迦が、釈迦の右側黄金の階段を梵天、左の水晶の階段を帝釈天に護られている。

西域・宮沢賢治と多田等観

髙橋信雄

目次

西域・宮沢賢治と多田等観

※引用は、全て原文ママとした。

はじめに

二〇〇四年（平成十六）四月、縁あって胡四王山《こしおうざん》の麓に新たに建設された花巻市博物館に勤めることになった。

花巻市博物館には数多くの貴重な資料が展示・保管されているが、その一つに、多田等《ただとう》観《かん》がチベットから請来《しょうらい》した仏画や仏像等の資料がある。実物の迫力に圧倒され、当時の同僚であり多田等観の調査研究をしていた故・寺澤尚《ひさし》より多田等観の生涯について学んだことで、多田等観のチベット仏教への一途《いちず》な思いとその生き方に強く惹《ひ》かれるものがあった。

二〇一三年（平成二十五）、花巻市博物館では、特別展「藤城清治《ふじしろせいじ》　光のファンタジー」を開催した。子供から大人まで見る人に夢を与える藤城清治のメルヘンの世界の原点が、宮沢賢治《みやざわけんじ》にあったという。藤城清治自身が宮沢賢治の故郷花巻《はなまき》で展示会を開催したいという強い意向で開かれた展示会である。

百六十一点の展示資料のうち、童話コーナーの最初に展示されていたのが、「雁《かり》の童《どう》子《じ》」であった。左右真っ青な空を背景に、おじいさんの雁を先頭に、赤く燃えながら落ちてくる雁の群れ。その最後に藤城清治独特の三角帽子をかぶった童子が描かれている、印象的な影絵である。

「雁の童子」は、宮沢賢治の西域《さいいき》童話の代表作である。宮沢賢治の西域関連作品の背景には、大乗仏教の利他《りた》を中心とする菩薩道《ぼさつどう》がみられるが、「雁の童子」は、菩薩道をテーマにした作品である。

チベットのダライ・ラマ十三世の下で修業を積み、ゲシェー（仏教博士）の資格を得た多田等観の生き方も、菩薩道に通じるものがある。

二〇一四年（平成二十六）京都の龍谷《りゅうこく》大学龍谷ミュージアムで「チベットの仏教世界もうひとつの大谷探検隊」とする展示会が開催された。展示会の目玉は、ダライ・ラマ十三世の遺言で多田等観の下に送られてきた、ポタラ宮殿の秘宝ともいわれた「釈尊絵伝《しゃくそんえでん》」である。龍谷大学龍谷ミュージアムから特別展を記念した講演会の講師を依頼され、タイトルとしたのが「西域・宮沢賢治と多田等観」であり、本書の基となった。

本書は六章からなる。第一章「西域とシルクロード」では、西域の概要と西域探検史を記し、第二章「宮沢賢治の西域異聞三部作」では、賢治の西域作品について、西域で編纂《へんさん》された華厳経《けごんきょう》を基にして解読を試みる。第三章「チベット（西蔵）と北上山地」では、宮沢賢治の作品からチベットと北上山地に関する作品について取り上げ分析する。第四章「西天取経と多田等観」では、多田等観が修行したチベット仏教と等観の生き方を検証する。第五章「縁成」では、宮沢賢治と多田等観との因縁について探る。第六章では、本書のベースになった西域に関する筆者の見聞記を記す。

第一章　西域とシルクロード

1　西域

宮沢賢治は、西域という言葉を、夢想や夢と共に使用している。これは、宮沢賢治の夢想する世界の一つが西域であり、賢治にとって西域は、特別な存在であったことを示すものであろう。

宮沢賢治の作品の中に「西域」という単語が、いくつか登場する。

・「亜細亜学者の散策」『春と修羅　第二集』

気圧が高くなったので
地平の青い膨らみが
徐々に平位に復して来た

蓋し国土の質たるや
剛に過ぐるを尊ばず
地面が踏みに従って
小さい歪みをなすことは
天竺乃至西域の
永い夢想であったのである

・「葱嶺《パミール》先生の散歩」『春と修羅　詩稿補遺』
しかも国土の質たるや
それが瑠璃から成るにもせよ
弾性なきを尚ばず
地面行歩に従って
小さい歪みをつくること
あたかもよろしき凝膠《ゲル》なるごとき
これ上代の天竺と
やがては西域諸国に於ける
永い夢でもあったのである

（略）
さう亀茲国の夕陽のなかを
やっぱりたぶんかういふ風に
鳥がすうすう流れたことは
出土のそこの壁画から
ただちに指摘できるけれども
沼地の青いけむりのなかを
はぐろとんぼが飛んだかどうか
そは杳として知るを得ぬ

・「装景手記」『装景手記』
けだし地殻が或る適当度の弾性をもち
したがって地面が踏みに従って
寒天あるいはゼラチンの
歪みをつくるといふことは
ヒンヅーガンダラ乃至西域諸国に於ける
永い間の夢想であって

また近代の勝れた園林設計学の
ごく杳遠なめあてである

西域とは、古くには中国の敦煌《とんこう》の西方にある玉門関《ぎょくもんかん》より西の漠然《ばくぜん》とした地域を指す言葉として使われている。

初めて西域の字がみられるのは、前漢時代の歴史書『漢書　西域伝』である。そこには、「南北に大山あり、中央に河あり、東西六千余里、南北一千余里」とある。

南の大山は崑崙《こんろん》山脈、北の大山は天山《てんざん》山脈、中央の河はタリム川を指すと考えられるので、当時の西域とは、タクラマカン砂漠等タリム盆地全体を含む、現在の東トルキスタンを示していた。

西域は、ユーラシア大陸の中央に位置し、アジア中央の内陸部に相当する広大な砂漠と高原の土地であることから、中央アジアともいう。

また、中央アジアは、トルコ系民族が多いことからトルキスタンとも呼ばれる。このトルキスタンは、中央部にパミール高原があり、高原の西を西トルキスタン、東を東トルキスタンという。

現在の西域は、狭義と広義に分けて使用されている。狭義の西域は、中央アジアと呼ばれる中国の新疆《しんきょう》ウイグル自治区、チベット自治区、カザフスタン、キルギス、タジキスタン、ウズベキスタン、トルクメニスタン、アフガニスタンやパキスタンの一部を含む地域を指す。

広義の西域とは、中央アジアの地域に加え、インド、イラン、シリア、エジプトまでを含む地域を意味する。

宮沢賢治の夢想した西域とは、どこを指すものであったのであろうか。「天竺乃至西域」とか「ガンダラ乃至西域諸国」と記していることから、天竺《てんじく》といわれた現在のインドやパキスタン北部のガンダーラ地方に近接した地域が想定される。具体的には中央アジア南部、つまり東トルキスタンからチベット高原を指していると考えられる。作品に登場する具体的地名については、第二章で述べたい。

2　シルクロード

西域は、古くから東西交渉の要衝であり、この地域にみられる交易路は、シルクロードと呼ばれる。

シルクロードの名前の始まりは、一八七七年にドイツの地理学者リヒトホーフェンが、「ザイデンシュトラーセ」と名付けたことに始まる。ザイデンは絹、シュトラーセは道を意味するドイツ語である。

リヒトホーフェンの「ザイデンシュトラーセ」は、長安《ちょうあん》（現在の西安《シーアン》）を出て楼蘭《ろうらん》からアクス、カシュガルを経てサマルカンドまでと、敦煌から楼蘭、ホータンを経て現在のアフガニスタン北部のバルフまでの二本の道を指している。

その後、リヒトホーフェンの弟子でスウェーデンの地理学者であり探検家のスウェン・ヘディンが、中央アジアの旅行記の書名に英語で「The Silk Road」と使用してから、西域の交易路はシルクロードとして広く知られるようになる。中国語では、「絲綢之路」と書く。

シルクロードは、中国産の絹が西洋社会に運ばれたことに由来するが、絹だけではなく、ユーラシア大陸の東の東洋世界と大陸の西の西洋世界の様々な物資をはじめ宗教や芸術文化等の交流の場となった。

現在使われているシルクロードは、東西南北交易ネットワークの代名詞としての意味を込めて、次の三つのルートの総称として使われることが多い。

一つ目は、北の草原地帯を通るステップ・ロード（草原路）である。ステップ・ロードは、シベリアのタイガ地帯の南側に展開する北緯五十度を中心とした草原地帯を行く。草原地帯は、古くから遊牧民族の生活していた場所であった。

紀元前八世紀頃から南ロシアで活躍した騎馬民族であるスキタイは、黒海《こっかい》沿岸に商業植民地を建設していたギリシャ人と交易していたことが、古代ギリシャの歴史家・ヘロドトスの『歴史』に記されている。

　この草原地帯の東では、紀元前四世紀に匈《きょう》奴《ど》や丁零《ていれい》といった民族や中国東北地方には東《とう》胡《こ》という民族が活躍した。

　ステップ・ロードは、さほど高い山もなく、東アジアから西のカスピ海、さらに黒海までステップ地帯が広がっており、古くから草原を利用して騎馬民族が、往来した路である。

　二つ目は、従来シルクロードと呼ばれてきたユーラシア大陸中央部のオアシス地帯を結ぶオアシス・ロードである。

　東の長安から敦煌へ、そしてカシュガルから西アジアと続く隊商路であり、いくつかのルートがある。仏教東漸《とうぜん》の道であり、仏陀《ぶっだ》の道とも呼ばれる。

　三つ目は、南の海路による東西交易路、マリーン・ロードである。紅海《こうかい》からアラビア海、

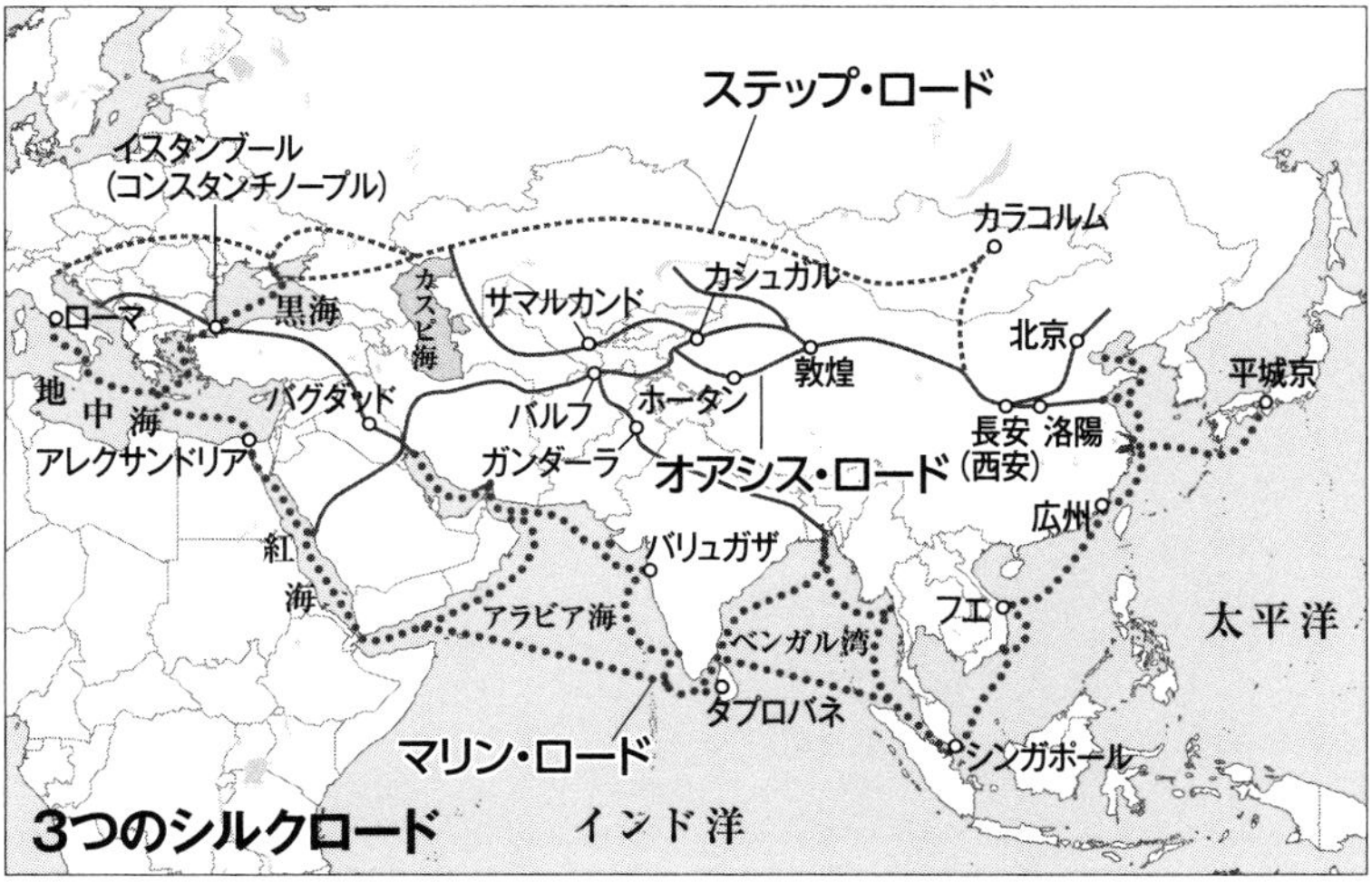

3つのシルクロード

そしてインド洋、南シナ海から東シナ海を結ぶ海の道である。

紅海は、古くからエジプトとアラビア海、また地中海とアラビア海を結ぶ重要な通商路であり、紀元前十三世紀頃からインド産の香料がシリアやエジプトに運ばれた。

後にインド人が季節風を利用してアラビア海からインド南岸を結ぶ航海を行い、ローマがエジプトを支配すると、ローマの船もインド洋に進出するようになる。

また、紀元前三世紀、秦《しん》の始皇帝《しこうてい》が南方に南海貿易を行い、航路はインド洋へと広がりをみせる。

エジプトのイスラーム都市フスタート遺跡から膨大《ぼうだい》な量の中国陶磁器が発掘されているし、アフリカ東岸のソマリやペルシャ湾のバーレーン、パキスタン、南インド、インドネシア、フィリピンなどからも中国陶磁器が出土している。また、オスマン帝国の都イスタンブールにあるトプカピ宮殿にも多くの東洋陶磁器が収蔵されている。

これら東洋の陶磁器について、東洋学者であり考古学者の三上次男《みかみつぎお》は、中世の東西世界に渡された海上交通によるものとして、陶磁の道（セラミック・ロード）という名称を提唱している。

二〇一四年、「シルクロード：長安―天山回廊の交易路網」が、中華人民共和国、キルギス共和国、カザフスタン共和国三カ国の三十三資産が、世界遺産登録された。東西交易路を空間の繫《つな》がる回廊として捉え、その一部が登録されたものである。

構成資産には、西安の前漢長安城未央宮《びおうきゅう》遺跡、玄奘《げんじょう》がインドから持ち帰った経典を収めた大雁塔《だいがんとう》、玄奘ゆかりの興教寺塔、新疆ウイグル自治区の高昌故城《こうしょうこじょう》、キジル石窟《せっくつ》寺院、スバシ仏教寺院址など中国国内の二十二件、十五世紀から十六世紀の地震で倒壊し、現存する高さ二十四メートルのブラナの塔が残る、十世紀〜十三世紀のカラハン朝のバラサグン遺跡、唐の時代に砕葉城《さいようじょう》が置かれたアクベシム遺跡などキルギス国内の三件、八世紀〜十四世紀に、東西交易の中心都市として発展したカヤリクなどカザフスタン国内の八件である。

登録に至る議論の中で、奈良の正倉院《しょうそういん》には古代ペルシャに起源をもつ琵琶《びわ》やガラス容器をはじめ、シルクロードを経由して運ばれてきた宝物が数多く収められていることからシルクロードの終着駅は、日本とする意見も出てきた、また、世界遺産登録を推奨した日本画家・平山郁夫《ひらやまいくお》は、「シルクロードとは文化の交流の場、対話の場、平和の道」と述べている。

リヒトフォーヘンの名付けた西域の交易路シルクロード、つまり後のオアシス・ロードは、次の三つからなる。

一つ目は、最も北側を通る道で、天山山脈の北側を通るルートの天山北路である。天山北路は、敦煌から北上してハミかトルファンで天山南路と分かれてウルムチに向かい、天山山脈の北麓沿いにイリ川流域を経てキルギスのスイアブに至るルートである。

二つ目は、天山山脈の南側でタクラマカン砂漠の北側を通る西域北道である。西域北道は、天山南路北道とも呼ばれる。敦煌から北上してハミかトルファンで天山北路と分かれてコルラ、クチャ、アクスを経て天山山脈の南麓沿いにカシュガルを通り、パミール高原に至るルートである。このルートは、敦煌から楼蘭を経てコルラに至るルートと、敦煌から北上してハミやトルファンを経てコルラに至る二つのルートがあったとされるが、前者は楼蘭の衰退によって使われなくなる。

三つ目は、最も南側を通る西域南道である。西域南道は、タクラマカン砂漠の南側、崑崙山脈の北側のオアシスを結ぶルートである。敦煌からホータン（于闐）やヤルカンド（莎車）を通ってカシュガルに至り、パミール高原に至る道である。五世紀の求道《ぐどう》僧であ

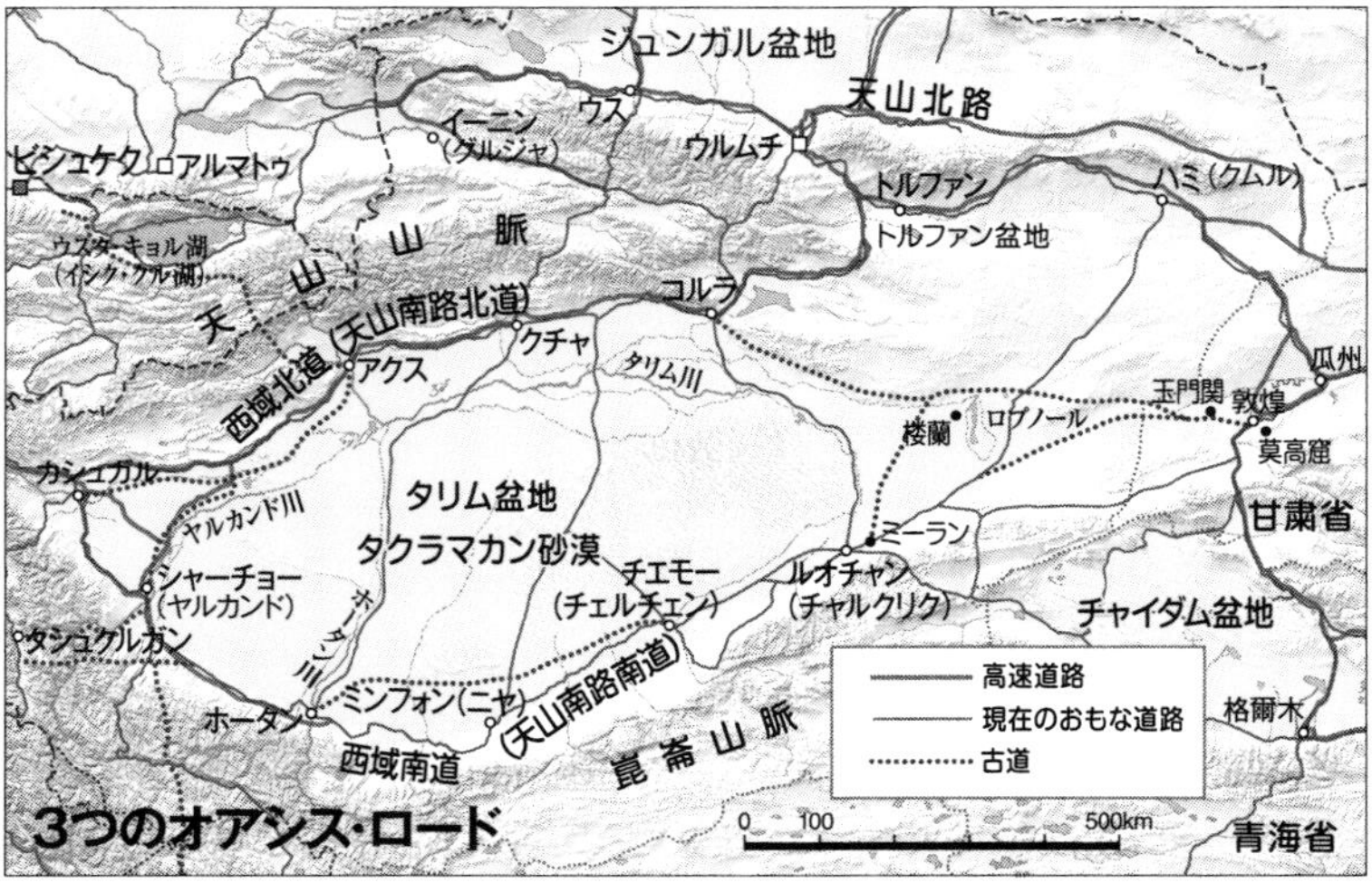

る法顕《ほっけん》や七世紀の玄奘三蔵、十三世紀のマルコ・ポーロもこのルートを通っている。

3　仏陀の道

西域のオアシス・ロードは様々な品々が行き交っただけでなく仏教、キリスト教、ゾロアスター教、マニ教、ヒンドゥー教といった宗教が伝播《でんぱ》され、それに伴う経典や美術品ももたらされた。なかでも西域で最も幅広く受容されたのが仏教であり、ブッダ・ロードとも称される。仏教は、オアシス都市の支配者層だけでなく、多くの住民に浸透して、仏教文化が栄える。

仏教は、紀元前五世紀頃、古代インドにおいて釈迦《しゃか》族の王子であったガゥタマ・シッダールタが、悟りを得て、人々に説いた思想である。

初期には小規模な地方宗教であったが、紀元前三世紀のマウリア王朝アショーカ王の時代にインド南部やスリランカ、パキスタンやアフガニスタンを含む地域に広がりをみせる。紀元後一世紀、パキスタン北部のガンダーラ地方やインド北部のマトゥラーで仏像が造られるようになると、仏教は各地に浸透し、信仰されるようになる。

クシャン朝のカニシカ王は、仏教布教の代表的な存在であり、仏教経典の編集（仏典結集）を行っている。

ガンダーラ地方では、仏陀の生涯を表した仏伝の浮彫が数多く造られ、仏塔の側面や祀堂の壁面を飾ったとされる。これらの仏像が仏教布教の中心となって広く浸透するようになる。さらに仏陀の教えの内容が文字に残されるようになるのもこの頃と考えられている。

中央アジアは、最も幅広く仏教が受容された地域であり、多くの民族の移動が繰り返され、様々な国の興亡がみられる。

二・三世紀頃から各オアシス都市では仏教教団が組織され、支配者層や一般住民にも受け入れられ、仏教は中央アジアの人々の精神的支えとなる。

特に、タリム盆地の南西部、チベットへ連なる崑崙山脈の北麓にあり、西域南道最大のオアシス都市のホータンは、インドから最も早く仏教が伝来したとされ、仏教が中国に伝播する重要な中継拠点となった。五世紀初めインドに赴いた法顕もここに立ち寄り、大祭行事に参加して感銘を受け記録に残している。

オアシス国家の王侯貴族や商人たちの寄進によって各地に仏教寺院が建築され、多くの仏像が造られ、絵画・彫刻・工芸など高度の仏教美術品がつくりだされた。

しかし、十世紀頃からイスラーム勢力の進出によって中央アジアの仏教文化は消滅し、砂に埋もれ歴史の表舞台から姿を消すことになる。

4　西域の探検家と探検隊

中央アジアの仏教が再び世界の注目を浴びるようになるのは、十九世紀後半から二十世紀初めにかけてである。所謂《いわゆる》グレイト・ゲームと呼ばれるロシア帝国とイギリス帝国の戦略的抗争に始まる。西トルキスタンを領有下に収め、南下するロシア帝国とインド亜大陸を占領し北上するイギリス帝国が、中央アジアを舞台に、戦略的抗争が繰り広げられた。

中央アジア特に東トルキスタンは、地理上の空白地帯であったことから、ロシアやイギリスをはじめドイツ、フランス等も地理的軍事的調査のための探検隊をこの地方に送ることになる。

一方、東トルキスタンをはじめ中央アジア一帯は、考古学的資料の宝庫であり、歴史学や考古学特に仏教史や仏教美術の分野において、世界を驚かす資料の発見が相次ぐことになり、中央アジアの仏教文化が世界の注目を浴びるようになる。この時代に活躍した著名な探検家や探検隊は、次の通りである。

●ミハイロヴィッチ・プルジェワルスキー（一八三九〜一八八八）

プルジェワルスキーは、ロシアの軍人であったが、探検家を目指して自然地理学を学び、ロシア帝国地理学協会の会員に推《お》された。

ロシア帝国地理学協会から派遣された第一回の探検は、外モンゴル、内モンゴル、寧夏《ねいか》を調査し、甘粛《かんしゅく》、青海《せいかい》を経てチベットを目指したが、ラサに到達出来ず帰国している。

一八七六年からの第二回探検では、ジュンガリアから天山山脈を越えタクラマカン砂漠に入った。ロプ・ノールの踏査を行い、従来考えられてきた位置よりずっと南にあるという説を出してロプ・ノール論争の端緒をつくっている。

一八七九年からの第三回探検は、天山山脈を越え、ハミ、酒泉《しゅせん》、南山のルートを辿《たど》り、再びチベットに挑んだが、ダライ・ラマの許可がおりず断念している。

一八八三年から一八八五年にかけての第四回探検は、キャフタルからゴビ砂漠を渡り、青海、ツァイダム盆地、ロプ・ノール、ホータン、さらにタクラマカン砂漠を縦断してイシク・クル湖に達するものだった。

プルジェワルスキーの報告書には、調査地域の自然環境が克明に記載されている。また、動植物の標本も多数採集している。

●サー・マーク・オーレル・スタイン（一八六二―一九四三）
スタインは、ハンガリー生まれで、イギリスのオックスフォード大学、ロンドン大学等で学びイギリスに帰化した考古学者であり東洋学者でもあり、探検家としても知られる。

一九〇〇年の第一次調査では、カシミールからギルギット、フンザ、タシュクルガンを経てホータン付近を調査し、古代仏教寺院に奉納された板絵や古代インドで使われたブラーフミー文字で書かれた多数の古文書を発見し、ホータン付近のニヤ遺跡から古代の南アジアや中央アジアで使われたカロシュティー文字の木簡等を発見している。

一九〇六年から一九〇八年の第二次調査では、ニヤ遺跡の再調査、ヘディンが発見した楼蘭遺跡のほかに、西域南道のミーラン遺跡を発掘調査している。

ミーラン遺跡からギリシャ文化との繋がりを示す、有翼《ゆうよく》の天使像を発掘している。この記録は、『カセイ砂漠の廃墟』のタイトルで出版されている。歴史学者・金子民雄《かねこたみお》は、『宮沢賢治と西域幻想』の中で、宮沢賢治の作品に登場する有翼天子像のイメージは、スタインの著作によるものであることを指摘している。

一九〇九年、中央アジア探検と考古学調査の功績に対し、王立地理学会から金メダルを授与され、一九一二年にはサーを称することを許可されている。

一九一三年から一九一六年の第三次調査では、敦煌で経典を手に入れ、内モンゴルのカラホト遺跡やトルファンのアスターナ古墳群の調査を行った。

●スウェン・アンダシュ・ヘディン（一八六五―一九五二）

ヘディンは、スウェーデンの地理学者であり、中央アジアの探検家でもある。一八九〇年にスウェーデンのペルシャ使節団の通訳官としてテヘランに達し、その後使節団とは別に東に向かい、ブハラ、サマルカンドを経てキルギスに入り、イシク・クル湖畔でプルジェワルスキーの墓を訪ね、タシケント、カスピ海を経て帰国している。

旅行中に学問の重要性を感じ、ドイツに留学して、地理学者であるリヒトフォーヘンに師事する。

ヘディンは、一八九三年に最初の本格的な中央アジア探検に出発しタシケントからフェルガーナに入り、パミール高原に達し、カシュガルからタクラマカン砂漠に入っている。一八九九年から一九〇二年にヘディンは、第二回の探検を行っている。一九〇〇年のタリム盆地の調査において、幻の王国とされていた古代楼蘭遺跡を発見し、多くの古文書や仏像等の遺物を発掘している。

ヘディンの第三回探検は、一九〇五年に始まる。インドからチベットのシガツェに入り春の大祭や寺院を見ることが出来たが、中国官吏の干渉で西に向かい、聖地カイラス山やマーナサロワール湖などを探検した。

さらにトランスヒマラヤを越え、サトレジ川上流を探検してシムラに帰る。この探検で南チベットのヒマラヤ山脈の北側に位置し、カラコルム山脈に連なる広大な山脈・トランスヒマラヤを発見したことでも知られる。また、干上がったロプ・ノール湖床を確認して、「さまよえる湖」説を唱える。

宮沢賢治の作品には、明らかにヘディンの著作を参考にしたとされるものがいくつかあり、賢治の西域へのイメージに大きな影響を与えたと考えられる。

●ポール・ユジェーヌ・ペリオ（一八七八—一九四五）

ペリオは、フランスの東洋学者であり、一九〇六年から一九〇八年にフランス中央アジア調査団の隊長として西域北道一帯の調査を行った。この時、カシュガル周辺、クチャ、トルファンの各地で発掘や史料の蒐集を行っている。ペリオは、中国語に精通しており、敦煌では、莫高窟《ばっこうくつ》蔵経洞《ぞうきょうどう》内の古文書の優品だけを選び出して購入している。

宮沢賢治の作品「雁の童子」の原稿の行間に赤インクで「それはフランスの探検家……」と書き込みがある。賢治は、西域童話を書くのにペリオのことも調べていたと考えられる。

●大谷探検隊

ヨーロッパ各国の中央アジア探検隊の影響を受けて組織されたのが、浄土真宗本願寺派第二十二世宗主・大谷光瑞《おおたにこうずい》（一八七六―一九四八）が主導する大谷探検隊である。

ヨーロッパ各国の探検隊は、地理上の空白を埋める探検や新たな遺跡等を調査し資料収集を目的とした探検であったのに対し、大谷探検隊は、仏教東漸の跡を辿り、仏教資料の収集等、調査を目的とした探検であった。

第一次大谷探検隊は、一九〇二年（明治三十五）から一九〇四年にかけて行われた。調査の主眼は、インドであった。隊員は大谷光瑞のほかに渡辺哲信、堀賢雄、本多恵隆、井上弘円の五名、さらにドイツから薗田宗恵、ロンドンから藤井宣正と日野尊宝、京都から上原芳太郎、升巴陸龍、島地《しまじ》大等《だいとう》、秋山祐穎にインドにいた清水黙璽ら合計十三名である。

第一次調査は、石窟寺院やアショーカ王の事蹟を探ることを目的として行われた。渡辺哲信と堀賢雄は西域に向かい、クチャのキジル石窟の調査を行っている。

第二次大谷探検隊は、一九〇八年（明治四十一）から一九〇九年にかけて派遣されている。隊員は、野村栄三郎と橘瑞超である。二人は最初にモンゴルに向かいエルデニゾー寺院で碑文等の調査を行い、トルファン付近でも調査を行った。その後、野村は西域北道沿いにクチャ、アクス、マラルバシを経てカシュガルに至る。橘は、楼蘭を目指した。

大谷光瑞は、当時インドにいたヘディンを日本に招き、楼蘭の位置を聞き出し、トルファンにいた橘に電報で楼蘭の位置を知らせた。楼蘭に辿り着いた橘は、ここで四世紀初めの手紙の下書きである「李柏文書《りはくもんじょ》」を発見する。

第三次大谷探検隊は、一九一〇年（明治四十三）から一九一四年までの調査で、隊員は橘瑞超と吉川小一郎の二名である。

橘は、第二次調査終了後、イギリスに渡ってオーレル・スタインに直接会って西域の遺跡の情報を得ている。橘は、シベリア鉄道を使い、ウルムチに入り、トルファン、楼蘭、チャリクリクと進み、西域南道のミーラン遺跡に辿り着く。

橘がミーラン遺跡に辿り着けたのは、日本に招待されたスタインから大谷光瑞が位置を聞き出し、電報で橘に知らせたからだという。

ミーラン遺跡は、スタインが有翼の天使像を発見した遺跡である。スタインが取り出すことが出来ず埋め戻していた壁画を橘は、無断で掘り出し壁画を破壊してしまう。この際、有翼の天使像の一部だけを持ち帰っている。これを聞いたスタインは、激怒したという。橘は、その後、吉川と落ち合いトルファンで調査を行った。

一次から三次の大谷探検隊が本隊とすれば、もう一つの大谷探検隊とされるものがある。一九一二年（大正元）に大谷光瑞の命《めい》を受けてチベットに派遣された青木文教《ぶんきょう》と多田等観の二人である。

青木は、一九一二年から一九一六年までチベットに滞在した。多田等観は一九一三年からチベットに滞在し、ダライ・ラマ十三世の庇護《ひご》の下で修行を積み、チベット仏教の最高学位ゲシェー（仏教博士）に任じられ一九二三年（大正十二）に帰国する。

宮沢賢治の童話「ペンネンネンネンネン・ネネムの伝記」の中の「西蔵の魔除けの幡」の記述は、もう一つの大谷探検隊の青木文教が書いた『西蔵遊記　秘密之国』を参考にしていると考えられる。

また、「みあげた」という断片には壁画を崩した場面がみられ、これは、大谷探検隊第二次調査で橘瑞超が壁画を破壊していることと符合する。

宮沢賢治は、大谷探検隊については、かなり詳しい情報を得ていた可能性が高い。宮沢賢治が尊敬していたされる盛岡市・願教寺の住職島地大等が大谷探検隊の第一次メンバーであったことから、島地大等の影響が考えられる。

第二章　宮沢賢治の西域異聞三部作

1　西域異聞三部作

　宮沢賢治作品の童話や詩、短編等に、「西域」と書かれたもの、或いは西域の具体的な地名が登場するものなど、西域に関連する作品がいくつもある。

「雁の童子」は、西域の地名が登場する童話であり、自筆原稿の表紙右側に赤インクで「西域異聞ともいふべき三部作中に属せしむべきか」と書いたメモがある。「ともいふべき」の部分を縦の一本線で削除し、さらに粗い斜めの線でメモ全体を消している。

　メモは、草稿が出来上がった後に書かれたものであり、「雁の童子」を西域異聞三部作の一つとして創作したに違いない。

　金子民雄は、著作『宮沢賢治と西域幻想』の中で、「マグノリアの木」、「インドラの網」、「雁の童子」に天の子供が出てくることや前後関係の類似から西域童話三部作と呼称して、詳しく論じている。

ここでは、「マグノリアの木」、「インドラの網」、「雁の童子」の三つの童話を、賢治がメモした西域異聞三部作として、金子民雄の『宮沢賢治と西域幻想』を参考にしつつ、金子とは異なる視点で読み解いていくこととする。

2　「マグノリアの木」

「マグノリアの木」は、諒安《りょうあん》という人が主人公で、険しい山を登って、天の子供や天の人と出会って会話する物語である。

マグノリアは、モクレン属の学名でモクレン、コブシ、ホオノキ、タムシバもその仲間である。

童話「マグノリアの木」の先駆形とされる短編がある。賢治が盛岡高等農林学校在学中の同人誌「アザリア」(第六号、大正七年六月) に発表されたものである。

その「峯や谷は」では、ホオノキの花を使って、「ほゝの花は白く山羊《やぎ》の乳のやうにしめやかにその蕋《ずゐ》は黄金《きん》色に輝きます。」と表現されている。

「峯や谷は」の主人公は、一人称の私であり、「峯や谷は無茶苦茶に刻まれ私はわらぢの底を抜いてしまって」とあり、周囲の状況から、賢治自身の山での体験を書いたものであろう。

童話「マグノリアの木」の舞台は、西域の高原である。日本自生の植物であるホオノキの花では、西域の舞台に相応《ふさわ》しくない。これに対し、同じモクレン属のマグノリアの木は、日本のほかにヒマラヤ、マレーシア、北アメリカに分布する。先駆形「峯や谷は」のホオノキから童話「マグノリアの木」への花の名前の変更は、こうした事情によるものかもしれない。

「マグノリアの木」の主人公である諒安は、天の人と不思議な会話を交わす。


「さうです、マグノリアの木は寂静印です。」

強いはっきりした声が諒安のうしろでしました。諒安は急いでふり向きました。子供らと同じなりをした丁度諒安と同じくらゐの人がまっすぐに立ってわらってゐました。

「あなたですか、さっきから霧の中やらでお歌ひになった方は。」

「えゝ、私です。又あなたです。なぜなら私といふものも又あなたが感じてゐるのですから。」

「さうです、ありがたう、私です、又あなたです。なぜなら私といふものも又あなたの中にあるのですから。」

寂静印《じゃくじょういん》とは、悟りの世界は静やかな安らぎの境地であることを指す言葉であり、涅槃《ねはん》寂静印ともいう。仏教の基本的な教えを特徴づける三法印（諸行無常印、諸法無我印、涅槃寂静印）の一つである。

西域異聞三部作中、他の二つ「インドラ網」と「雁の童子」は、後述するように、前者は中国華厳宗の僧・法蔵の著した『華厳五教章』にみられる「因陀羅網境界門《いんだらもう》」に、後者は華厳経の「入法界品《にゅうほっかいぼん》」に由来すると考えられるので、「マグノリアの木」も華厳経に読み解くカギがあると推定される。

「えゝ、私です。又あなたです。なぜなら私といふものも又あなたが感じてゐるのですから。」「さうです、ありがたう、私です、又あなたです。なぜなら私といふものも又あなたの中にあるのですから。」

二人の不思議な会話の意味は、華厳経で説かれる教義の一つである「相即《そうそく》・相入《そうにゅう》」を表現したと考えられる。

相即とは、様々な要素が集まって一体化することで、相入とはAがBを入れ、BがAを入れる、入り組んだ関係を示すとされ、一切の現象が互いに対立せず溶け合って自在な関係にあることで、大乗仏教の世界観を表している。

大乗仏教は、紀元前後の頃に生まれ、一切衆生《いっさいしゅじょう》の救済を重視する。利他の精神が大乗の根幹にあり、利他を実践する者を菩薩と呼ぶ。

求道者である菩薩は、一切衆生の利益と安楽を誓って、衆生救済の活動をなす。大乗は菩薩の宗教ともいう。

大乗経典の内容は実に多様であるが、代表的な「法華経」、「無量寿経」、「華厳経」などは、日本仏教の原形を成している。

華厳経の教主は、奈良県東大寺の大仏で知られる毘盧遮那仏《びるしゃなぶつ》であり、菩薩道を説く仏である。華厳経は、インドで伝えられてきた、独立した様々な経典が、四世紀頃西域のホータンでまとめられたと考えられている。鎌田茂雄は、『華厳の思想』の中で、次のように記している。

現在ある『華厳経』は、新彊《しんきょう》ウイグル自治区のタクラマカン砂漠を前に望み、崑崙《こんろん》山脈を背後にした于闐《うてん》（現在の和田《わでん》。ホータンともコータンともいう）において、あるとき編纂された。宇宙的な視野をもった天才がこの経を編纂したのであった。砂漠の中から生まれた『華厳経』は中国に伝えられて華厳宗を成立させたのである。

「マグノリアの木」は、一切の現象がお互いに溶け合って自在な関係にあることを示した華厳経の教えを表現しながら次のようにしてまとめられる。

「えゝありがたう、ですからマグノリアの木は寂静です。あの花びらは天の山羊《やぎ》の乳よりしめやかです。あのかをりは覚者《かくしや》たちの尊い偈《げ》を人に送ります。」

「それはみんな善です。」

「誰《たれ》の善ですか。」諒安はも一度その美しい黄金の高原とけはしい山谷の刻みの中のマグノリアとを見ながらたづねました。

「覚者の善です。」その人の影は紫いろで透明に草に落ちてゐました。

「さうです、そして又私どもの善です。覚者の善は絶対です。それはマグノリアの木にもあらはれ、けはしい峯のつめたい巌《いは》にもあらはれ、谷の暗い密林もこの河がずうっと流れて行って氾濫《はんらん》をするあたりの度々の革命や饑饉《ききん》や疫病やみんな覚者の善です。けれどもこゝではマグノリアの木が覚者の善で又私どもの善です。」

諒安とその人と二人は又恭しく礼をしました。

3　「インドラの網」

「インドラの網」の冒頭は、次のようにして始まる。

そのとき私は大へんひどく疲れてゐてたしか風と草穂《くさぼ》との底に倒れてゐたのだとおもひます。

その秋風の昏倒《こんたう》の中で私は私の錫《すず》いろの影法師にずゐぶん馬鹿《ばか》ていねいな別れの挨《あい》拶《さつ》をやってゐました。

そしてたゞひとり暗いこけもの敷物《カアペット》を踏んでツェラ高原をあるいて行きました。

「インドラの網」の「私は私の錫《すず》いろの影法師にずゐぶん馬鹿《ばか》ていねいな別れの挨拶《あいさつ》をやってゐました」は、「マグノリアの木」の最後の「諒安とその人と二人は又恭しく礼をしました。」とする部分を引き継いでいると読み取ることが出来る。

それぞれ独立した童話となっているが、「マグノリアの木」を引き継いで、「インドラの網」が書かれているのであろう。

「インドラの網」は、華厳経の教えを説いた華厳五経章の「因陀羅網境界門」を主題にした作品と考えられる。

インドラとは、バラモン教、ヒンドゥー教、ゾロアスター教に登場する神で、仏教では、帝釈天《たいしゃくてん》と漢訳され、釈迦を助け釈迦の説法を聞き、梵天《ぼんてん》と共に仏教の二大護法善神となった神である。

因陀羅網は、因陀羅珠網或いは帝網とも呼ばれ、帝釈天に荘厳されている宝珠網であり、網の交差する部分に付けられた宝珠に象徴される。

宝珠は、互いに映し合い、その映し出された宝珠も他の宝珠に映し出されるという。過去、現在、未来を照らし出す光明の世界が出現し、無限の関係が表現され「重々無尽《じゅうじゅうむじん》」の関係を示す。

「重々無尽」とは、華厳経の思想の一つで、あらゆる物事が相互に無限に関係をもって互いに作用し合っていることを意味する。

また、網は一点を持ち上げると全体の形が変わることから、世界の因果関係すべてが連関しており、微小なる一こそ全体でもあり、全体が微小なる一の中に含まれるという華厳思想の世界観をインドラによって世界全体に広げられた網に喩《たと》えられている。

その冷たい桔梗色の底光りする空間を一人の天が翔《か》けてゐるのを私は見ました。（たうとうまぎれ込んだ、人の世界のツェラ高原の空間から天の空間へふっとまぎれこんだのだ。）私は胸を躍《をど》らせながら斯《か》う思ひました。

天人はまっすぐに翔けてゐるのでした。（一瞬百由旬《ゆじゅん》を飛んでゐるぞ。けれども見ろ、少しも動いてゐない。少しも動かずに移らずに変らずにたしかに一瞬百由旬づつ翔けてゐる。実にうまい。）私は斯うつぶやくやうに考へました。

これらは、「マグノリアの木」と同様、華厳経の教えである「相即・相入」や「事事無《じじむ》碍《げ》」を表現したものと考えられる。

事事無碍とは、物事は決してお互いに排除し合うものではなく、溶け合ってとどこおりが無いことを意味する。

由旬は、サンスクリット語ではヨージャナといい、インドで用いられた距離の単位である。一由旬は、牛に車を付けて一日走らせる距離を表し、約十一キロから十四キロくらいとされる。賢治は天の世界の表現として由旬を用いたと考えられる。この後、主人公の私は、「マグノリアの木」と同様に天の子供らと会うことになる。


ふと私は私の前に三人の天の子供らを見ました。それはみな霜を織ったやうな羅《うすもの》をつけすきとほる沓《くつ》をはき私の前の水際に立ってしきりに東の空をのぞみ太陽の昇るのを待ってゐるやうでした。その東の空はもう白く燃えてゐました。私は天の子供らのひだのつけやうからそのガンダーラ系統なのを知りました。又そのたしかに于闐《コウタン》大寺の廃趾《はいし》から発掘された壁画の中の三人なことを知りました。私はしづかにそっちへ進み愕《おどろ》かさないやうにごく声低く挨拶《あいさつ》しました。

「お早う、于闐大寺の壁画の中の子供さんたち。」

三人一緒にこっちを向きました。その瓔珞《やうらく》のかゞやきと黒い巌《いか》めしい瞳。

私は進みながら又云ひました。

「お早う。于闐大寺の壁画の中の子供さんたち。」
「お前は誰《たれ》だい。」
右はじの子供がまっすぐに瞬《またたき》もなく私を見て訊《たづ》ねました。
「私は、于闐《コウタン》大寺を沙《すな》の中から掘り出した青木晃といふものです。」

この場面で今まで一人称の私である主人公の名前が、青木晃だということが告げられる。しかも、青木は于闐大寺の壁画を掘り出した本人である。ここでも過去と現在が混じり合う華厳経の真理の一つが、表現されている。

青木晃の名は、一九一二年（大正元）大谷光瑞の命でチベットに入った西本願寺の僧侶・青木文教からとったと指摘したのは、金子民雄である。金子は、「マグノリアの木」の崖を登る状況から青木文教が著した『西蔵遊記　秘密之国』を参考にしたのではないかといっている。

そのことは、童話「ペンネンネンネンネン・ネネムの伝記」からも知ることが出来る。「ペンネンネンネンネン・ネネムの伝記」の中に「それこそはたびたび聞いた西蔵《チベット》の魔除《まよ》けの幡《はた》なのでした。」とある魔除けの幡の話は、『西蔵遊記　秘密之国』の中のネパールからチベットに入った処《ところ》での記述にみられる。

于闐は、ホータンとも呼ばれ、西域南道最大のオアシス都市である。

ホータンは、古くから東の中国、南のチベット・インド、西のイランや北の天山山脈南麓のオアシス都市と結ぶ東西交易の要地として栄えてきた。また、ホータンは、インドから最も早く仏教が伝来したとされ、古くから玉の産地としても知られる。

さらに、ホータンは、「マグノリアの木」の最後の方で記した通り、インドでつくられた華厳経が再編纂された場所とされている。従って華厳経の世界を描いた「インドラの網」には欠かすことの出来ない場所であることを、宮沢賢治は熟知していて、于闐大寺を登場させたと考えられる。

于闐と華厳経を結びつける仏像が、平泉・中尊寺《ちゅうそんじ》にある。五台山文殊様式の重要文化財「騎獅文殊五尊像《きしもんじゅごそんぞう》及び四眷属像《しけんぞくぞう》」である。

文殊菩薩の乗った獅子を引く眷属は、向かって左側が于闐王であり、右側には、華厳経入法界品に出てくる善財童子である。

善財童子は、「雁の童子」のモデルと考えられる。中尊寺の「騎獅文殊五尊像及び四眷属像」の制作は、十二世紀後半と推定されおり、その頃中国から請来された「宋版一切経」の守護尊として造立されたとみられている。

大乗経典は、譬喩《ひゆ》つまり譬《たと》え話や象徴、また物語を駆使しながらつくられているという。華厳経も例外でなく、その幻想的で神秘的な光景の叙述は、他の経典を圧倒しているとされ、一つの壮大な神話的歌劇、ファンタジーの世界に近い経典だといわれる。

「インドラの網」の童話は、次のようにファンタジー世界のような表現で終わる。

天の子供らは夢中になってはねあがりまっ青な寂静印《じやくじやういん》の湖の岸、硅砂《けいしや》の上をかけまはりました。そしていきなり私にぶっつかりびっくりして飛びのきながら一人が空を指して叫びました。

「ごらん、そら、インドラの網を。」

私は空を見ました。いまはすっかり青ぞらに変ったその天頂から四方の青白い天末までいちめんはられたインドラのスペクトル製の網、その繊維は蜘蛛《くも》のより細く、その組織は菌糸より緻密《ちみつ》に、透明清澄で黄金で又青く幾億互に交錯し光って顫《ふる》へて燃えました。

「ごらん、そら、風の太鼓。」も一人がぶっつかってあわてて遁《に》げながら斯《か》う云ひました。ほんたうに空のところどころマイナスの太陽ともいふやうに暗く藍《あゐ》や黄金《きん》や緑や灰いろに光り空から陥《お》ちこんだやうになり誰《たれ》も敲《たた》かないのにちからいっぱい鳴ってゐる、百千のその天の太鼓は鳴ってゐながらそれで少しも鳴ってゐなかったのです。私はそれをあんまり永く見て眼も眩《くら》くなりよろよろしました。

「ごらん、蒼孔雀《あをくじやく》を。」さっきの右はじの子供が私と行きすぎるときしづかに斯う云ひました。まことに空のインドラの網のむかふ、数しらず鳴りわたる天鼓のかなたに空一ぱいの不思議な大きな蒼い孔雀が宝石製の尾ばねをひろげかすかにクウクウ鳴きました。その孔雀はたしかに空には居りました。けれども少しも見えなかったのです。たしかに鳴いて居りました。けれども少しも聞えなかったのです。

　そして私は本当にもうその三人の天の子供らを見ませんでした。

却《かへ》って私は草穂《くさぼ》と風の中に白く倒れてゐる私のかたちをぼんやり思ひ出しました。


「インドラの網」の舞台は、ツェラ高原である。ツェラ高原は、宮沢賢治の創作した名称であるが、情景描写は第三章で取り上げる口語詩「阿耨達池幻想曲《あのくたつちげんそうきょく》」とよく似ている。ツェラ高原は、マーナサロワール湖（マナサロワル湖）を含むチベット高原をイメージしたものであろう。

宮沢賢治のイメージの源となった資料の一つに仏教学者・河口慧海《かわぐちえかい》の『チベット旅行記』がある。この本の中の「マナサロワル湖の神話」の中に次のような記述がある。

　このマナサロワル湖は、世界中でいちばん高いところにある湖水で、その水面は海抜五一〇〇メートル以上もある（ヘディンの測定では海抜四五八九メートル）。この湖水の名をチベット語で、マパム・ユムツォーといい、梵語では阿耨達池《あのくたつち》、漢訳には無熱池という。この池については、仏教にも種々の説明があって、現に華厳経には詩的な実におもしろい説明をしている。

宮沢賢治の「インドラの網」は、河口慧海の文章から賢治独特の発想でイメージを膨らませて創作されたものであろう。

河口慧海が亡くなって六十年ほどたった二〇〇四年（平成十六）、河口慧海の日記が発見された。（『河口慧海日記　ヒマラヤ・チベットの旅』河口慧海　奥山直司編　二〇〇七年　講談社学術文庫）

河口慧海が、マナサロワル湖を訪れた一九〇〇年（明治三十三）五月二十三日の日記に次のような記述がある。

> 同十九日、五月二十三日。朝茶と麦粉とを喫し了《おえ》て、午前六時半出立して渓流に添ふ《う》て西北に上ること一里余にして山頂の原に出づ。（略）徐《おもむ》ろに吹き来る風は肌粟《あわ》を生じて両耳を断つの感あらしむ。少頃《しょうけい》にして雲霧寒風に破れて日光空に燦《さん》たり。先づ四方を望み見るに、梵天《ぼんてん》の因陀羅網《いんだらもう》、大空に掛かれるに似たり。起伏蜿転突兀《きふくえんてんとつこつ》飛揚《ひよう》の群雪峯は相互に映照して赫々耀々《かくかくようよう》たる光輝は宇宙の光栄を現示せるが如し。その東南に泰然として安坐せるが如きものは、思ふにドーラ・ギリーの北峯ならんか。毘盧遮沙那仏の坐禅せるが如□。しかして四方に列立せる雪峯は、白衣《びゃくえ》観音の如きもの、曼珠《まんじゅ》師利《しり》（文殊《もんじゅ》）の獅子《しし》に乗れるが如きもの、普賢菩薩《ふげんぼさつ》の白象《びゃくぞう》に乗れるが如きものあり。その他数十の小雪峯の一々、奇観を弄《ろう》するは五百羅漢の妙姿を示せりとやせん。

宮沢賢治は、河口慧海の書いた『チベット旅行記』の中の「阿耨達池と華厳経の詩的なおもしろい説明」という部分を賢治なりに想像を膨らまして「インドラの網」のツェラ高原と天空のインドラの網の部分をイメージした可能性がある。

そして、クライマックスの天空に張り巡らされた因陀羅網を通してファンタジーな華厳世界を表現したのだと考えられる。

これが、河口慧海が実際にマナサロワル湖で実体験して日記に記した「梵天の因陀羅網、大空に掛かれるに似たり」に始まる華厳世界の表現とほぼ同じである。

河口慧海の日記は、近年発見されたものであるから、宮沢賢治は、日記を目にしていない。宮沢賢治の想像力の豊かさを表すものであろう。

4 「雁の童子」

「雁の童子」は、「マグノリアの木」や「インドラの網」でみられた一人称の私が、高原ではなく流砂の端のオアシスのほとりで出会った巡礼の老人から、泉の近くにある雁の童子の祠《ほこら》の話を聞くところから始まる。

祠は、玄奘の「大唐西域記」の故事による雁塔をイメージしたものと考えられる。故事では、古代インドのマガタ国にあった雁供養の塔のことで、菩薩が浄肉を食らう僧を戒めとして雁に化し、空から落ちて死んだ跡に建てられたという。「雁の童子」では、空から落ちてきた雁に次のような説明がなされる。

（私共は、天の眷属《けんぞく》でございます。罪があってたゞいままで雁の形を受けて居りました。只今《ただいま》報ひを果しました。私共は天に帰ります。ただ私の一人の孫はまだ帰れません。これはあなたとは縁のあるものでございます。どうぞあなたの子にしてお育てを願ひます。おねがひでございます。）

これは、宮沢賢治が、雁を聖なるものの罪の象徴と認識していたことを意味しており、題名を「雁の童子」にしたのではないかと考えられる。

この「雁の童子」は、天から降りてきた童子が、育ての親である須利耶圭《すりやけい》の元で様々なことを学び、天に戻る話が中心となっているが、童子と須利耶圭には、それぞれ極めて重要なモデルが存在する。

童子のモデルは、華厳経の入法界品に登場する善財童子と考えられる。

華厳経の入法界品は、どんな人でも救われる可能性を説いた法華経の菩薩道を具体的に実践する道程を説いたものとされる。善財童子は、インドの長者の子に生まれ、仏教に目覚め文殊《もんじゅ》菩薩の勧めにより、様々な指導者五十三人を訪ね歩いて、段階的に修行を積み、最後に普賢《ふげん》菩薩の処で悟りを開くという、菩薩行の理想者として描かれる。

指導者の中には、比丘《びく》や比丘尼《びくに》、長者や医者ほか、外道と呼ばれる仏教徒以外の者や遊女と思われる女性、童子や童女も含まれる。道を求める心には、階級や職業の区別もない、宗教の違いも問わない崇高な心が求められる。

雁の童子は、須利耶圭夫婦の元で様々なことを学ぶが、十二歳の時、外道の塾に入る。宗教学者の山折哲雄《やまおりてつお》（『デクノボーになりたい　私の宮沢賢治』二〇〇五年　小学館）によると宮沢賢治は、法華経に触れることによって日蓮宗に帰依することになるが、幼い頃には浄土真宗に親しみ、盛岡中学に行ってからはバプテスト派の教会に通い、同時にカトリック教会にも通っていたという。また、花巻農学校教師時代、曹洞宗《そうとうしゅう》の寺に生まれながら内村鑑三《うちむらかんぞう》の弟子となりキリスト教徒となった斎藤宗次郎と親しく交流をもつ。

山折は、これらを宮沢賢治の重層的な宗教遍歴と称している。雁の童子を外道塾に通わせる背景には、善財童子が外道の塾に通ったこともあるが、賢治の重層的宗教遍歴が影響しているのかもしれない。

雁の童子の養父として登場する須利耶圭のモデルは、金子民雄が『宮沢賢治と西域幻想』で指摘している通り、鳩摩羅什《くまらじゅう》（クマーラジーヴァ）の師匠である須利耶蘇麻《すりやそま》（スーリアソーマ）とされる。

鳩摩羅什（三四四―四一三）は、「妙法蓮華経」や「仏説阿弥陀経」等々多くの経典をサンスクリット語から漢訳した西域僧である。

鳩摩羅什は、インドの名門貴族でカシミール出身の僧・鳩摩羅炎《くまらえん》（クマーラヤーナ）を父とし、西域北道のオアシス都市クチャにあった亀茲国《きじ》の王女・耆婆（シーヴァー）を母として亀茲国で誕生している。

鳩摩羅什は、若くして母と共に、当時仏教における学問の中心地であったカシミールで出家し、原始経典を修めた後、須利耶蘇麻に出会って大乗仏教に転じたといわれている。

宮沢賢治の生涯を決したとされる『漢和對照　妙法蓮華經』の漢訳は、鳩摩羅什によるものである。賢治は、この偉大な僧・鳩摩羅什のことを熟知していて、雁の童子を鳩摩羅什に見立て、雁の童子の育て親として須利耶圭を登場させたと考えられる。

この童話は、須利耶圭の元で雁の童子が様々な経験を積む話が続くが、終わり頃になって話が急展開する。

それまで「マグノリアの木」や「インドラの網」との関連性は全く見られなかったが、壁画に描かれた天の子供が登場する。

ちやうどそのころ沙車《さしゃ》の町はづれの砂の中から、古い沙車大寺のあとが掘り出されたとのことでございました。一つの壁がまだそのまゝで見附けられ、そこには三人の天童子が描かれ、ことにその一人はまるで生きたやうだとみんなが評判しましたさうです。

「インドラの網」では、于闐《コウタン》大寺の壁画の童子であったが、「雁の童子」では、沙車大寺の壁画となっている。どちらも有翼の天使像をイメージして登場させている。この有翼の天使は、金子民雄が指摘しているようにオーレル・スタインが発掘したものがモデルとなっている。

オーレル・スタインは、一九〇六年から始めた第二回の探検で西域南道を東に進み、ミーラン遺跡の廃墟から有翼の天使像を発見している。天子像の壁画は、三世紀末頃のものとされ、明らかにギリシャ・ローマ様式とインドの仏教美術から生まれた、ガンダーラ風のものであった。

有翼の天使像は、オーレル・スタインの著した『カセイ砂漠の廃墟』に図入りで掲載せられており、宮沢賢治はこれらを参考にしたといわれる。また、大谷探検隊の橘瑞超《たちばなずいちょう》も、ミーラン遺跡から有翼の天使像を掘り出している。これも賢治の有翼の天使像の参考になったと考えられている。

橘瑞超が掘り出した有翼の天使像は、オーレル・スタインが大谷光瑞を訪ね来日した時、大谷光瑞がミーラン遺跡の位置を聞き出し、橘瑞超に電報で伝え、橘は勝手に掘って壁画を崩し、有翼の天使像の一部を持ち帰ったものである。このことを賢治は知り、「みあげた」という断片に次のように記している。

しづかにたゝえ褐《ママ》色のゆめをくゆらす砂、あの壁の一かけを見せて呉れ。

おゝ天の子供らよ。私の壁の子供らよ。

出て来い。

おれは今日は霜の羅を織る。鋼玉の瓔珞をつらねる。黄水晶の浄瓶を刻まう。ガラスの沓をやるぞ。

おゝ天の子供らよ。私の壁の子供らよ。

出て来い。

壁はとうにとうにくづれた。砂はちらばった。そしてお前らはそれからどこに行ったのだ。いまどこに居るのだ。


「みあげた」は、明らかに橘瑞超が壁画を崩したことを表現したものといえる。

「雁の童子」は、沙車大寺で天童子が、発見された後、須利耶圭と雁の童子がその壁画を見に行って話は急展開する。


（なる程立派なもんだ。あまりよく出来てなんだか恐《こは》いやうだ。この天童はどこかお前に消《に》てゐるよ。）

須利耶さまは童子をふりかへりました。そしたら童子はなんだかわらったまゝ、倒れかかってゐられました。須利耶《すりや》さまは愕《おど》ろいて急いで抱き留められました。童子はお父さんの腕の中で夢のやうにつぶやかれました。

（おぢいさんがお迎ひをよこしたのです。）

須利耶さまは急いで叫ばれました。

（お前どうしたのだ。どこへも行ってはいけないよ。）

童子は微《かす》かに云はれました。

（お父さん。お許し下さい。私はあなたの子です。この壁は前にお父さんが書いたのです。そのとき私は王の……だったのですがこの絵ができてから王さまは殺されわたくしどもはいっしょに出家したのでしたが敵王がきて寺を焼くとき二日ほど俗服を着てかくれてゐるうちわたくしは恋人があってこのまゝ出家にかへるのをやめようかと思ったのです。）

雁の童子の父として登場する須利耶圭は、古代の壁画の天子を描いた作者であり、その壁画の子が雁の童子であり、童子の物語の語り部にもなっている。

登場人物が、過去と現在が入れ子型の設定になっている。華厳経にみられる過去・現在・未来が複合する相即・相入を表現している。

「雁の童子」の終わりは、冒頭に出てきた巡礼の老人に最初と最後にしか出てこない私に次のように語らせる。

「尊いお物語をありがたうございました。まことにお互ひ、ちょっと沙漠《さばく》のへりの泉で、お眼にかかって、たゞ一時を、一緒に過ごしただけではございますが、これもかりそめの事ではないと存じます。ほんの通りかゝりの二人の旅人とは見えますが、実はお互がどんなものかもよくわからないのでございます。いづれはもろともに、善逝《スガタ》の示された光の道を進み、かの無《む》上《じやう》菩《ぼ》提《だい》に至ることでございます。それではお別れいたします。さやうなら。」

華厳経には、縁起的世界を説明した縁成《えんじょう》も説かれる。縁によってなる。縁を通して一つのことが完成していくことを意味するという。

ひと時を過ごした二人が、縁あってもろともに無上菩提、つまり最も優れた悟りの世界に入ることを予見して「雁の童子」の童話は終了している。華厳経の入法界品の中で善財童子が普賢菩薩に導かれて、無上菩提の世界に入ったことを示すものであろう。

華厳経の主題は、菩薩道である。菩薩道はただ自分の幸せだけを目指すのではなく、世の中すべての人々の救済を願い、ひいては世界の平和の実現に努力することであるという。

宮沢賢治が、「農民芸術概論綱要」の中に書いた「世界がぜんたい幸福にならなければ個人の幸福はありえない」そのものである。

西域異聞三部作は、「マグノリアの木」で始まる。険しい山を登り、菩薩の修行を暗示する話から、「インドラの網」の中で天の子供らと出会い、「雁の童子」で善財童子の求道遍歴を雁の童子を借りて語らせ、無上菩提の世界に入って終了する。

それぞれの作品は、個別で完結するが、連続した華厳の世界を表現した童話であるとも読み取ることが出来る。つまり、華厳経を基にした三部作ともいえよう。

華厳経が、西域のオアシス都市である于闐（ホータン）で再編されたとされていることから考えると于闐異聞三部作とも見ることが出来る。

5 「十力の金剛石」と「四又の百合」

華厳経を基にした賢治作品は、西域異聞三部作以外にもみられる。ここでは、「十力《じゅうりき》の金剛石」と「四又《よまた》の百合」を紹介する。

華厳経では普賢菩薩に、「一つの毛孔《けあな》のなかに、無量のほとけの国土が、装いきよらかに、広々として安住する。かのあらゆるところ、盧舎那仏は大衆の海において、正しきおしえを演説したもう。一つの微塵《みじん》のなかに、あらゆる微塵のかずに等しい微細の国土が、ことごとく住している。」と語らせている。

また、一毛孔に無量が入り込むと共に、一人の仏は十方界に充満するということも語られる。「一即一切・一切即一」の象徴的な表現である。

微小なものの中に、全宇宙を入れるのである。こうした世界を表現して、良寛は、次のような歌を残している。

あわ雪の中に立てたる三千大千《みちおおち》またその中にあわ雪ぞふる

三千大千は、仏語の宇宙の単位で、須弥山《しゅみせん》を中心に日・月・四大州・四大海・六欲天などを含め広大な範囲を一世界とし、これの千倍を小千世界、小千世界の千倍を中千世界、中千世界の千倍が大千世界という。大千世界はその中に小・中・大の三種の千世界を含んでいるから、三千大千世界ともいう。転じて、ありとあらゆる世界やすべての世界を意味するという。

「十力の金剛石」は、王子と大臣の子が、虹を追いかけ、森の中に入って様々な宝石を見て十力の金剛石を探すストーリーであり、金剛石が降ってきた時、次のように語られる。

なぜならすゞらんの葉は今はほんたうの柔かなうすびかりする緑色の草だったのです。

うめばちさうはすなほなほんたうのはなびらをもってゐたのです。そして十力《じふりき》の金剛石は野ばらの赤い実の中のいみじい細胞の一つ一つにみちわたりました。

その十力の金剛石こそは露でした。

あゝ、そしてそして十力の金剛石は露ばかりではありませんでした。碧《あを》いそら、かゞやく太陽、丘をかけて行く風、花のそのかんばしいはなびらやしべ、草のしなやかなからだ、すべてこれをのせになふ丘や野原、王子たちのびろうどの上着や涙にかゞやく瞳《ひとみ》、すべてすべて十力の金剛石でした。あの十力の大宝珠でした。あの十力の尊い舎利でした。


十力の金剛石は、野ばらの赤い実の細胞に入り、それが太陽や野原や瞳すべてであったとする。微細な中に宇宙までも入れる華厳の教えを賢治風に解釈し、表現されている。

「四又の百合」は、燃灯仏《ねんとうぶつ》を下敷きとした童話と考えられる。燃灯仏は、釈迦が前世修行している時、悟りをひらき釈迦仏となるであろうと予言した仏である。

予言する場面は、如来が来ることで街の人々が道の普請をしているのを手伝い、花を持つ女性から花をもらい捧げ、着ていた鹿皮の衣を脱いで湿地に敷き、足りない所には自分の髪の毛をほどいて敷いたとする話である。

「四又の百合」では、如来正偏知《にょらいしょうへんち》が来ることで街の人々が通りをきれいにする。

「大へんにいゝ天気でございます。修弥山《しゅみせん》の南側の瑠璃《るり》もまるですきとほるやうに見えます。こんな日如来正徧知《にょらいしゃうへんち》はどんなにお立派に見えませう。」

「いゝあんばいだ。街は昨日の通りさっぱりしてゐるか。」

「はい、阿耨達湖《アノブタプ》の渚《なぎさ》のやうでございます。」

（略）


二億年ばかり前どこかであったことのやうな気がします。

この「四又の百合」は、釈迦の前世の物語・ジャータカ（本生譚《ほんじょうたん》）の一つを童話にしたものと考えられるが、須弥山や阿耨達湖等の表現や二億年ばかり前の話としてまとめていること等から、華厳の教えを加えて表現したものと解釈することも出来る。

第三章　チベット（西蔵）と北上山地

1　チベット

チベットは、現在中華人民共和国に在住するチベット人を中心とした民族自治区つまり、チベット自治区となっている。なお、中国では、中央チベットとその周辺地域だけを指す地域呼称としてのみ西蔵を使用している。

日本では、明治時代にチベットの漢字表記として西蔵が使われ、西蔵のフリガナとしてチベットと書く習慣があったが、昭和中期以降に、カタカナでチベットとする表記が確立した。一九二一年（大正十）か一九二二年に書かれたと想定される宮沢賢治の童話「ペンネンネンネンネン・ネネムの伝記」には、「西蔵《チベット》」と記されている。

現在の日本では、チベットという言葉を中国の西蔵部分に限定せずに、チベット領域全体を指す言葉として使用している。

チベットは、インド亜大陸がアジア大陸と衝突して隆起することによって生成されたユーラシア大陸中央部に広がる世界最大の高原にあり、この地域に成立した国家、政権、民族、言語等に使用される。

チベット高原は、北に七千メートル級の山のある崑崙山脈、南に八千メートルの山を含むヒマラヤ山脈、東に六千メートルの山のある邛崍《きょうらい》山脈に囲まれ、西はパミール高原に連なる標高四千メートルから七千メートルの高原であり、降水量は少なく、寒冷で荒野が多く、小塩湖、湿地が点在する。

チベットの住民は、高原農耕と遊牧を営み、古くは、非漢民族である氐《てい》とか羌《きょう》と呼ばれた民族である。

七世紀初め、チベット高原はソンツェン・ガンポ王によって統一され、吐蕃《とばん》という国家が出来る。王の居城は、ラサのポタラ宮殿にあり、王は仏教に帰依して、チベット高原に仏教が浸透する。

吐蕃は、唐とたびたび和平と抗争を繰り返し、八世紀には長安を一時占拠し、八世紀後半から九世紀前半頃まで敦煌を支配下に置くと共にシルクロードの大半を支配するなど古代の強国の一つとなる。

九世紀中頃、吐蕃王国は仏教を巡る対立や王位継承問題から南北に分裂し、その後滅亡する。

八世紀以降、インドの大乗仏教終末期の思想は、イスラーム勢力の台頭によって中国などの諸国に伝えられなくなる。

チベットでは、インド大乗仏教滅亡後もネパールなどを経由して大乗仏教が継承される。チベット仏教の特色は、サンスクリット語の原典をチベット語へ忠実に置き換えて翻訳したことにある。従って、チベットの経典は、仏教研究に重要な位置を占めている。

十三世紀にチベットは、モンゴル帝国の侵略を受ける。この頃からチベット仏教は、モンゴル諸部族に浸透する。

十七世紀モンゴルのグシ・ハンが、チベットの大半を征服して王朝を樹立し、ダライ・ラマ五世を擁立して宗派を超えてチベットの政治・宗教の最高権威に据える。以来、ダライ・ラマを法王として戴《いただ》くチベット中央政権が確立された。

チベット仏教では、チベットの国土と一切の生きとし生けるものは、観音菩薩の教化を受けるという。ダライ・ラマは、観音菩薩の化身とされる。ソンツェン・ガンポ王の居城であったラサのポタラ宮は、ダライ・ラマ五世以来、ダライ・ラマの居城となり、チベット仏教の聖地となっている。

十九世紀後半から二十世紀初めにかけての所謂《いわゆる》グレイト・ゲームと呼ばれるロシア帝国とイギリス帝国の戦略的抗争が始まると、チベットもそれに巻き込まれることになる。

一九〇三年（明治三十六）イギリスは、チベットにおける支配権を確立するためにフランシス・ヤングハズバンドの率いるイギリス軍をチベットに侵攻させる。

ダライ・ラマ十三世は、モンゴルに亡命したが、イギリスとチベット政府はラサ条約を結び、チベットはイギリスの支配下に入る。その後、ダライ・ラマ十三世は、一九〇九年（明治四十二）にラサに戻る。

一九一〇年（明治四十三）清国《しんこく》がチベットのラサに侵攻し、ダライ・ラマ十三世は、インドのダージリンに亡命を余儀なくされ、イギリスの保護を受ける。

しかし、翌年、辛亥《しんがい》革命によって清朝が滅びると、チベット軍が清国軍を追い払う。インドに亡命していたダライ・ラマ十三世は、一九一三年（大正二）、亡命していたインドからラサに戻り、独立を宣言し近代化を進めた。

一九五〇年（昭和二十五）中華人民解放軍が東チベットに進軍し、翌年、中華人民共和国によるチベット併合により今に至る。なお、ダライ・ラマ十四世は、インドに亡命し政治難民となり、チベット亡命政府の元首となっている。

2　宮沢賢治とチベット

宮沢賢治は、西域の一部であるチベットに仏教の聖地として特別な思いを抱いていたと考えられる。

「春と修羅　詩稿補遺」に口語詩「阿耨達池幻想曲」がある。

こけものの暗い敷物
北拘盧州の人たちは
この赤い実をピックルに入れ
空気を抜いて瓶詰にする
どこかでたくさん蜂雀《ハニーバード》が鳴くやうなのは
たぶん稀薄な空気のせゐにちがひない
そのそらの白さつめたさ
……辛度海から、あのたよりない三角洲から
　由旬を抜いたこの高原も
　やっぱり雲で覆はれてゐる……

（略）

阿耨達、四海に注ぐ四つの河の源の水
……水ではないぞ　曹達か何かの結晶だぞ
　悦んでゐて欺されたとき悔むなよ……
まっ白な石英の砂

音なく湛へるほんたうの水
もうわたくしは阿耨達池の白い渚に立ってゐる
砂がきしきし鳴ってゐる
わたくしはその一つまみをとって
そらの微光にしらべてみよう
すきとほる複六方錐
人の世界の石英安山岩《デサイト》か
流紋岩《リバライト》から来たやうである
わたくしは水際に下りて
水にふるへる手をひたす
……こいつは過冷却の水だ
氷相当官なのだ……

阿耨達池（アノクダッチ）とは、サンスクリット語の音写で、漢訳では無熱悩池《むねつのうち》という。阿耨達池は、経典の中でも古いとされる長阿含経《じょうあごんきょう》にみられる想像上の池で、周囲八百里の岸は金・銀・瑠璃など四宝で飾られ、仏の世界の理想郷であり、浄土のモデルとなる。阿耨達池から流れる水は、澄んで冷たくガンジス川などの四大河となって人間のいる贍《せん》部州《ぶしゅう》を潤すという。

この阿耨達池は、チベット南西部のマーナサロワール湖（マナサロワル湖とも書く）に比定される。マーナサロワール湖は、須弥山に喩えられるカイラス山（六千七百十四メートル）と共に仏教上の曼陀羅《まんだら》を構成している。

マーナサロワール湖は、北のカラコルム山脈、南のヒマラヤ山脈に挟まれた標高四千五百八十八メートルの世界で最も高い所に位置する淡水湖である。極めて透明度が高く、仏教はじめヒンドゥー教やジャイナ教の聖地となっている。

宮沢賢治の阿耨達池への憧憬は、極めて強いものがあり、阿耨達池の情景は、童話「インドラの網」の中で天の子と出会うツェラ高原に引き継がれていく。

さらに阿耨達池の情景は、「銀河鉄道の夜」の「北十字とプリオシン海岸」にも登場する。


カムパネルラは、そのきれいな砂を一つまみ、掌《てのひら》にひろげ、指できしきしさせながら、夢のやうに云ってゐるのでした。

「この砂はみんな水晶だ。中で小さな火が燃えてゐる。」

「さうだ。」どこでぼくは、そんなこと習ったらうと思ひながら、ジョバンニもぼんやり答へてゐました。

河原の礫《こいし》は、みんなすきとほって、たしかに水晶や黄玉や、またくしゃくしゃの皺《しう》曲《きよく》をあらはしたのや、また稜《かど》から霧のやうな青白い光を出す鋼玉やらでした。ジョバンニは、走ってその渚《なぎさ》に行って、水に手をひたしました。けれどもあやしいその銀河の水は、水素よりももっとすきとほってゐたのです。それでもたしかに流れてゐたことは、二人の手首の、水にひたったとこが、少し水銀いろに浮いたやうに見え、その手首にぶっつかってできた波は、うつくしい燐光《りんくわう》をあげて、ちらちらと燃えるやうに見えたのでもわかりました。

宮沢賢治は、阿耨達池つまりマーナサロワール湖に関する情報をかなり詳しく調べている。これについては、金子民雄が『宮沢賢治と西域幻想』の中で河口慧海著『チベット旅行記』とスウェン・ヘディン著『トランス・ヒマラヤ』の二冊であろうとしている。

本書の第二章の「インドラの網」で詳しく記したように、「インドラの網」に登場する情景は、河口慧海の記述と一致する。

3　北上山地

ドイツの地理学者ナウマンによって名付けられたといわれる北上山地は、北が青森県の八戸《はちのへ》市から南は宮城県の石巻《いしのまき》市まで南北約二百四十キロ、東西約八十キロの紡錘形《ぼうすいけい》の準平原である。

岩手県の東三分の二を占める広大な地域をもつ北上山地は、最高峰早池峰山《はやちねさん》（一九一七メートル）周辺の千三百メートル級の山以外には、北から平庭《ひらにわ》高原・早坂高原・区界《くざかい》高原・種山《たねやま》高原（種山が原）など標高千メートルほどの準平原が続く。国土地理院は、北上山地を北上高地と表記している。

北上山地は、盛岡から早池峰山、そして釜石を結ぶ早池峰構造体を境に、北部北上山地と南部北上山地に分けられる。蛇紋岩《じゃもんがん》化した超塩基性岩からなる早池峰連邦は、五億年以上の歴史があり、南北・北上山地の境界基盤となっている。

南部北上山地は、先シルル紀系の基盤をもち、奥州《おうしゅう》市の母体変成岩類や陸前高田《りくぜんたかた》市の花崗《かこう》岩類などは日本の中でも最古の部類に属する地層である。

北部北上山地は、主として中生代の深海に堆積した地層が複雑に重なり合っている。これらは、古太平洋プレートの沈み込みによって海洋堆積物が次々に付加されて形成されたものである。

中生代の後期ジュラ紀から前期白亜紀にかけて、北東北は変動の時代を迎える。それは、南部北上古陸が移動して北部北上山地と衝突することによって起きる。衝突により地下には大量のマグマが発生して花崗岩類を形成し、地上では激しい火山活動が起こる。こうした変動によって現在の北東北の台地の基本構造が出来あがる。

4　宮沢賢治と北上山地

宮沢賢治は、北上山地に関連する作品を実に多く創作している。例えば、南部北上山地の種山ヶ原に関してだけでも短歌、詩「種山ヶ原」、「種山ヶ原」の先駆形Aのパート一からパート四、先駆形B、戯曲『種山ヶ原の夜』、童話『種山ヶ原』、この発展形童話とされる「風の又三郎」等々実に多彩である。

北上山地の作品が多いということは、種山ヶ原を含む北上山地が、賢治文学の思索を育む要素を有していたからにほかならない。

こうした土台の上に仏教徒としての賢治、地質学者であり、科学者としての賢治、文学者としての賢治が混在し、準平原の地下から高原の風景、早池峰山から宇宙まで心象スケッチの材料として、賢治の多彩な才能を発揮する場所となっている。

地質学者としての宮沢賢治が、終末地形としての準平原の種山ヶ原を大きな時間の経過と原風景を融合させて表現した詩がある。

『春と修羅　第二集』異稿

種山ヶ原　先駆形A

種山と種山ヶ原

パート三

この高原の残丘《モナドノックス》
こここそその種山の尖端だ
炭酸や雨あらゆる試薬に溶け残り
苔から白く装はれた
アルペン農の夏のウヰーゼのいちばん終りの露岩である
わたくしはこの巨大な地殻の冷え堅まった動脈に
槌を加へて検べよう
おゝ角閃石斜長石　暗い石基と斑晶と
まさしく閃緑玢岩である
じつにわたくしはこの高地の
頑強に浸蝕に抵抗したその形跡から
古い地質図の古生界に疑をもってゐた
そしてこの前江刺の方から登ったときは
雲が深くて草穂は高く
牧路は風の通った痕と

あるかないかにもつれてゐて
あの傾斜儀の青い磁針は
幾度もぐらぐら方位を変へた
今日こそはこのよく拭はれた朝ぞらの下
その玢岩の大きな突起の上に立ち
なだらかな準平原や河谷に澱む暗い霧
北はけはしいあの死火山の浅葱まで
天に接する陸の波
イーハトヴ県を展望する
いま姥石の放牧地が
緑青いろの雲の影から生れ出る
そこにおゝ幾百の褐や白

また、賢治は、『春と修羅』の序では、次のように記している。

（因果の時空的制約のもとに）
われわれがかんじてゐるのに過ぎません

おそらくこれから二千年もたつたころは
それ相当のちがつた地質学が流用され
相当した証拠もまた次次過去から現出し
みんなは二千年ぐらゐ前には
青ぞらいつぱいの無色な孔雀が居たとおもひ
新進の大学士たちは気圏のいちばんの上層
きらびやかな氷窒素のあたりから
すてきな化石を発掘したり
あるいは白堊紀砂岩の層面に
透明な人類の巨大な足跡を
発見するかもしれません

ここに示された地質学者・宮沢賢治の思索は、童話『楢ノ木大学士の野宿』を生み出す。
その中の「野宿第三夜」の一部を紹介する。

海はもの凄《すご》いほど青く
空はそれより又青く

幾きれかのちぎれた雲が
まばゆくそこに浮いてゐた。
「おや出たぞ。」
楢《なら》ノ木大学士が叫び出した。
その灰いろの頁岩の
平らな綺麗な層面に
直径が一米《メートル》ばかりある
五本指の足あとが
深く喰ひ込んでならんでゐる。
（略）
その足跡の持ち主の
途方もない途方もない雷竜《らいりゆう》氏が
いやに細長い頸《くび》をのばし
汀《なぎさ》の水を吞《の》んでゐる。
長さ十間、ざらざらの、
鼠《ねずみ》いろの皮の雷竜《らいりゆう》が
短い太い足をちゞめ

厭《いや》らしい長い頸《くび》をのたのたさせ
小さな赤い眼を光らせ
チュウチュウ水を呑んでゐる。

宮沢賢治が、この童話を書いた頃の日本の地質学会は、中生代には日本列島は存在しておらず、大部分が海で、恐竜は生息していなかったので、日本では恐竜化石が発見出来ないという先入観が学会を支配していた。

しかし、一九七八年（昭和五十三）北部北上山地から恐竜の化石が発見され、日本の恐竜化石発見ブームの先駆けとなる。

その化石とは、岩泉町茂師《もし》海岸で発見されたモシリュウの上腕骨である。前期白亜紀の宮古層群田野畑層から発見されたもので、中国のマメンキサウルスの近縁であり、北上山地が大陸の一部であったことを示しているという。賢治の予見が的中したことになる。

モシリュウの上腕骨のレプリカ（五十二センチ）とマメンキサウルスの全身骨格模型（全長約二十二メートル）は、岩手県立博物館のエントランスホールに展示されている。

北上山地での賢治の思索は、科学者としての賢治と宗教者としての賢治の融合も生み出す。『春と修羅　第二集』から「五輪峠」の一部を抜粋する。

あゝこゝは
五輪の塔があるために
五輪峠といふんだな
ぼくはまた
峠がみんなで五っつあって
地輪峠水輪峠空輪峠といふのだらうと
たったいままで思ってゐた
地図もたずに来たからな
　　そのまちがった五つの峯が
　　どこかの遠い雪ぞらに
　　さめざめ青くひかってゐる
　　消えようとしてまたひかる
このわけ方はいゝんだな
物質全部を電子に帰し
電子を真空異相といへば
いまとすこしもかはらない

真空異相は、現代物理学のエネルギーに満ち溢《あふ》れた真空から、物質粒子を創生・消滅させるという量子真空論に近い考え方であるとされる。
また、『春と修羅』異稿である「五輪峠　先駆形B」もみてみよう。

「五輪は地水火風空
空といふのは総括だとさ
まあ真空でいゝだらう
火はエネルギー
地はまあ固体元素
水は液態元素
風は気態元素と考へるかな
世界もわれわれもこれだといふのさ
心といふのもこれだといふ
いまだって変らないさな」
（略）
さう考へると
なんだか心がぼおとなる

五輪峠に
雪がつみ
五つの峠に雪がつみ
その五の峯の松の下
地輪水輪火風輪、
空輪五輪の塔がたち
一の地輪を転ずれば
菩提のこころしりぞかず
四の風輪を転ずれば
菩薩こゝろに障碍なく
五の空輪を転ずれば
常楽我浄の影うつす
みちのくの
五輪峠に雪がつみ
五つの峠に……　雪がつみ……

宮沢賢治は、インド哲学で世界を構成する基本要素とされる五大素の地・水・火・風・

空を踏まえた上で、科学者として、地を固体元素、火をエネルギー、水は液体元素、風は気体元素としながら、空を総括としての真空だという。

宮沢賢治は、科学者としての理論と仏教の教えである空の世界を融合させ、最後に「五の空輪を転ずれば／常楽我浄の影うつす」、つまり涅槃の境涯を表した言葉でまとめている。

花巻市、遠野《とおの》市・奥州市江刺区の境にある「五輪峠」は、二〇〇五年「イーハトーブの風景地」として、花巻市の「釜渕の滝」、「イギリス海岸」、滝沢市の「鞍掛山」、雫石《しずくいし》町の「七つ森」、「狼森」、奥州市江刺区と住田町の「種山ヶ原」と共に、日本の文化財保護法に基づいて、国指定の名勝に指定され、保護されている。

宮沢賢治の北上山地に関する作品には、チベットと北上山地を重ねてイメージした作品「毘沙門天の宝庫」『春と修羅　詩稿補遺』がある。次はその一部である。

南は人首あたりから
北は田瀬や岩根橋にもまたがってさう
あれが毘沙門天王の
珠玉やほこや幢幡を納めた
巨きな一つの宝庫だと
トランスヒマラヤ高原の

住民たちが考へる
もしあの雲が
旱《ひでり》のときに、
人の祈りでたちまち崩れ
いちめんの烈しい雨にもならば
まったく天の宝庫でもあり
この丘群に祀られる
巨きな像の数にもかなひ
天人互に相見るといふ

トランス・ヒマラヤ（トランスヒマラヤとも書く）山脈は、チベットの西側にある山脈で、ヒマラヤ山脈の北側に並行してカラコルム山脈に繋がるカイラス山を含む山脈である。地理学者であり、冒険家のスウェン・ヘディンが一九〇五年（明治三十八）に発見した山脈であり、英語表記では、トランス・ヒマラヤとなり、ドイツ語表記では、トランスヒマラヤとなる。

「ちゝれてすがすがしい雲の朝」『春と修羅　第三集』「詩ノート」では、北上山地の田瀬や岩根橋が、チベット高原の住民たちが考える巨《おお》きな一つの宝庫だと表現し、チベットと北上山地を重ね合わせている。

ひがしの雲いよいよ
その白金属の処女性を増せり
……権現堂やまはいま
須弥山全図を彩りしめす……
けむりと防火線
……権現堂やまのうしろの雲
かぎりない意慾の海をあらはす……
浄居の諸天
高らかにうたふ
その白い朝の雲

須弥山は、仏教世界における世界の中心にある想像上の山であるが、玄奘の頃よりチベットのカイラス山を中心とする阿耨達池を含む地域に比定されるようになる。

ここでも、北上山地の権現山一帯が、須弥山全図を彩りしめし、浄居の諸天が高らかにうたう聖なる場所として表現される。

宮沢賢治にとってチベットと北上山地は、仏の世界のイメージで重なり合い、賢治にとってチベットへの憧憬は、仏の世界への憧憬と捉えることが出来る。

5　日本・チベット

北上山地の山村の形容にチベットという地名が使われたことがある。それが拡大され岩手の形容に使われるようになり、岩手は、「日本のチベット」と呼ばれたことがある。「日本のチベット」は、昭和四十年代に、放送局や新聞社等が自主規制している所謂《いわゆる》放送禁止用語となり、今は使われていない。これらに関して、岡恵介《おかけいすけ》が著書『視えざる森の暮らし　北上山地・村の民俗生態史』の中で詳しく分析している。ここでは、岡の著書を参考にしながら、北上山地（岩手）の地域と日本人のチベット観の変遷についてみていくこととしたい。

十九世紀から二十世紀の初め、ロシア帝国とイギリス帝国の戦略的抗争が始まりチベットはこの抗争に巻き込まれていった。

日本は、一九〇二年（明治三十五）に日英同盟が締結され、二年後には日露戦争が始まる。こうしたことから、日本では、チベットへの関心が高まっていた。こうした状況の中で出版されたのが、河口慧海の『チベット旅行記』である。近世以降の日本人のチベット観は、ここから始まる。

鎖国していたチベットに潜入した河口慧海の手記は、各新聞社が競って連載し、講演依頼も殺到したといわれる。一九〇九年（明治四十二）には、『チベット旅行記』は英訳され、諸外国からも高い評価を得たという。

河口慧海のもたらした一夫多妻などの風俗の情報は、マスコミによって興味本位に誇張して取り上げられる。

また、河口自身がチベットの風習について「汚穢《おわい》」「不潔」「奇態」等の言葉を多用しており、日本人の秘境趣味をあおり、チベットを低くみる風潮が日本国内に広められたようである。

宮沢賢治は、チベットについての主要な情報は、河口慧海の『チベット旅行記』から得ている。しかし、賢治にとってのチベットは、「汚穢」「不潔」「奇態」等のマイナス要素は全く見られず、仏の世界として描かれる。

また、チベットにおいて、ダライ・ラマ十三世の下で十年にも及ぶ修行を積んだ多田等観は、『チベット滞在記』で次のように述べて、河口慧海のチベット観を批判している。

チベットの文化が非常に程度の低い野蛮なもののように考えられているのは、真相を無視した誤った判断であって、永年の鎖国のためにチベットの文化がどのようなものであるか、一般に知られる機会がなかったのである。古来ラマ教を基礎として美術工芸、建築などに比類のない文化を持っているものとして、チベット人は優越感と自尊心とを持っている。

明治時代に河口慧海によって発せられたチベット観は、マスコミによって興味本位につくられ、日本人のチベット観が形成されていったらしい。チベットの文化は、西暦六世紀の頃インドから入り始めた仏教文化が基礎になっていて、もはやインドには見られなくなった仏教文化が、チベットに伝わっていた。

昭和に入って日本が大陸に進出するようになると、大陸の未開発地域として、蒙古《もうこ》・西蔵《チベット》が取り上げられるようになり、未開発としてのチベット観が定着する。

第二次世界大戦後、再びチベット及びその周辺国がマスコミや一般社会の注目を浴びるようになる。一つは、一九五〇年（昭和二十五）に始まる中国人民解放軍のチベット進出である。二つ目は、文化人類学者・川喜多二郎《かわきたじろう》の一九五七年（昭和三十二）発刊の『ネパール王国探検記』と一九六〇年（昭和三十五）の発刊の『鳥葬の国』の著書であった。

特に『鳥葬の国』は、ベストセラーになり、そこに描かれたチベット文化圏の風俗、特に鳥葬は、センセーショナルに取り上げられる。さらに鳥葬の場面を撮影した映画『秘境ヒマラヤ』は、海外でも評価され、一般の人々の秘境への関心が高まり、秘境としてのチベット観が定着する。

日本人のチベット観が、秘境に代表される頃、北上山地の山村についてよく用いられた形容にチベットがある。この表現は、第二次世界大戦前にもみられるが、一般化するのは、一九五八年（昭和三十三）発刊の大牟羅良《おおむらりょう》著の岩波新書『ものいわぬ農民』が出されてからである。

この本は、毎日出版文化賞やエッセイストクラブ賞を受賞し、多くの読者を得た。この本の最初の項目のタイトルが、「日本のチベット」である。その冒頭に「日本のチベットと言われる岩手県の、そのまたチベットと言われる県北――九戸郡の僻地に生まれた私は、二十九歳までの殆どを、僻地から僻地へと、転々としてくらしてきました。そこは北上山脈のどまん中、北上山脈は高原状の山地とは言え、北に行くほど、山は高く谷は深く……」と書かれている。

日本のチベットが岩手で、その岩手のチベットが、北上山地の僻地だと言っている。そこには、中国チベット自治区に似ているというのではなく、未開発地であり秘境がチベットであり、日本の僻地がそれに相当すると考えたようである。

北上山地や岩手県をチベットに例える表現は、昭和二十年代の初め頃から、地元の地理学を専門とする研究者や、中学・高校の教員による地誌的著作に多く見られるようになるという。

日本のチベット或いは岩手のチベットとする言葉は、日本の高度経済成長期のなかで、都会の発展に比べて取り残された岩手県であり、岩手県の北上山地として捉えられ、戦前からの日本人のチベット観と結びついて定着したと考えられる。

経済発展期が過ぎ、環境破壊や公害問題が取りざたされるなかで、日本のチベット、或いは岩手のチベットとする言葉も消えていく。そして、環境保全や自然保護が重視されるようになると北上山地が再び注目を浴びるようになる。

北上山地の最高峰・早池峰山は、全山が超塩基性岩である橄欖《かんらん》岩や蛇紋岩で出来ているため、ハヤチネウスユキソウやナンブトラノオ、ナンブイヌナズナ、ナンブトウウチソウなどを代表とする蛇紋岩地帯の植生であり、固有種率が極めて高い。早池峰山については一九五七年（昭和三十二）に、一九九〇年（平成二）に薬師岳が追加指定され、「早池峰山および薬師岳の高山帯・森林植物群落」として国の特別記念物に指定されている。また、本州で唯一、アカエゾマツが自生していることから「早池峰山のアカエゾマツ自生地」として国の天然記念物に指定されている。

また、早池峰山の北斜面一三七〇ヘクタールは、「早池峰自然環境保全地域」として一九七五年（昭和五十）に指定され、全域が特別地域に、一部地区が野生動植物保護地区に指定されている。

さらに、早池峰山と薬師岳一帯の五四一三ヘクタールは、一九八二年（昭和五十七）に「早池峰国定公園」に指定されているほか、早池峰山は、日本百名山、新日本百名山、花の百名山、新花の百名山、一等三角点百名山にも指定されている。

北上山地の東端に位置する三陸海岸は、一九五五年（昭和三十）に陸中海岸国立公園に指定され、二〇一三年（平成二十五）に三陸復興国立公園に編入されている。また、二〇一一年（平成二十三）の東北地方太平洋沖地震により発生した津波などによる東日本大震災を背景に「繰り返される災害に立ち向かい将来に備える」ことが重視され、「地球規模の台地の成り立ち・変遷を知る・体感する」、「豊かなジオの資源と人々の暮らし」を特徴として、「五億年前からの時を刻み、今を生きる」をテーマにした三陸ジオパークが、二〇一三年に日本ジオパークに認定されている。

南部北上山地では、硬い花崗岩の岩盤がある奥州市から一関市の北上山地（人首《ひとかべ》花崗岩体・千厩《せんまや》花崗岩体）に国際リニアコライダーの誘致を目指している。国際リニアコライダーとは、宇宙創成の謎に挑む、素粒子衝突実験装置のことで、世界最高・最先端の電子・陽電子衝突型加速器で、世界中の研究者が協力し、世界に一つだけ建設しようと計画しているものである。

昭和二十年代まで僻地として評価されてきた北上山地の評価は、今大きく変貌しようとしている。一方、チベットも民族や宗教問題で課題が多く残されているものの、毛沢東によって提唱された青海省の省都・西寧《せいねい》からラサまでの全線一九八八キロに及ぶ青蔵《せいぞう》鉄道が、二〇〇六年（平成十八）に開通した。これによって世界から観光客が訪れ、チベット観も大きく変わろうとしている。

二〇二二年（令和四）公益財団法人旭硝子財団が設けている地球の環境問題の解決に向けた優れた研究をした人や熱心に活動した人に贈られるブループラネット賞をヒマラヤの麓の小国のブータン国王、ジグミ・シンゲ・ワンチュク国王が受賞した。ブータンは、大半がチベット人でチベット仏教を信仰している国である。

国王は、国の発展を図る指針として、ＧＮＰ（国民総生産）ではなく、ＧＮＨ（国民総幸福量）を取り入れたことで知られる。そして、世界一幸せな国といわれる。こうした、従来とは違った価値観で見ると、日本人のチベット観も大きく変わっていくのではないだろうか。

第四章　西天取経と多田等観

1　西天取経

西天取経《さいてんしゅきょう》とは、西の天に経を求める、つまり仏典を求めて天竺に旅する僧侶を表す言葉である。王敏《ワンミン》の『宮沢賢治と中国』によれば、宮沢賢治の子供の頃の愛読書が『西遊記』で、西天取経は、この中に頻繁に出てくるという。

また、宮沢賢治作品のいくつかに登場する師父《しふ》という言葉は、『西遊記』の中で悟空や猪八戒《ちょはっかい》、沙悟浄《さごじょう》が、玄奘三蔵を呼ぶ尊称であり、賢治は特別な意味を込めて師父という言葉を使っている。

・「野の師父」『春と修羅　第三集』

師父よもしもやそのことが

口耳の学をわづかに修め
鳥のごとくに軽佻な
わたくしに関することでありますならば
師父よあなたの目力をつくし
あなたの聴力のかぎりをもって
わたくしのまなこを正視し
わたくしの呼吸をお聞き下さい
古い白麻の洋服を着て
やぶけた絹張の洋傘はもちながら
尚わたくしは
諸仏菩薩の護念によって
あなたが朝ごと誦せられる
かの法華経の寿量の品を
命をもって守らうとするものであります
それでは師父よ
何たる天鼓の轟きでせう
何たる光の浄化でせう

わたくしは黙して
あなたに別の礼をばします

・「原体剣舞連《はらたいけんばひれん》」『春と修羅』
肌膚《きふ》を腐植と土にけづらせ
筋骨はつめたい炭酸に粗《あら》び
月月《つきづき》に日光と風とを焦慮し
敬虔に年を累《かさ》ねた師父《しふ》たちよ
こんや銀河と森とのまつり
准《じゅん》平原の天末線《てんまつせん》に
さらにも強く鼓を鳴らし
うす月の雲をどよませ

十九世紀末から二十世紀初めにかけて仏教研究は、大きな転機を迎えていた。ヨーロッパを中心として仏典の原典資料を基に客観的に分析するという研究が行われるようになる。日本に伝わる大乗仏教（北伝仏教）は、鳩摩羅什や玄奘ら中国僧によってサンスクリット語から漢文に翻訳されたものであった。つまり、インドで起こった仏教の聖典を中国という高度に成熟した文明の中で、中国的に解釈して漢語に改めるという伝承方法で受け入れたものである。

これに対し、チベットの僧院には、インドから直接もたらされた仏典を忠実にチベット語に翻訳したものが残されていることが分かった。

こうしたことから、日本でも新たな仏典を求めてチベットに向かう人が出てくる。いわば二十世紀の西天取経ともいえる人々である。その代表的な人物が多田等観である。

2　多田等観、チベットへ

多田等観は、一八九〇年（明治二十三）に南秋田郡土崎《つちざき》港（現・秋田市土崎）の浄土真宗本願寺派弘誓山西船寺《さいせんじ》十四世住職・多田義観《ぎかん》の三男として生まれる。等観の名は、大無量寿経の中の「等観三界空無所有（等しく三界を観わして、空にして所有なし）」から命名されたものだという。

多田等観は、一九一一年（明治四十四）に秋田中学を卒業後、高校進学を目指していたが費用が足りず、弟が学んでいた京都の西本願寺に行き、法要などを手伝うアルバイトを始める。その頃、西本願寺の法主・大谷光瑞は、仏教東漸の歴史を実証するためインドや中央アジアに探検隊を送り込んでおり、チベットへの関心も強めていた。

一九〇八年（明治四十一）大谷光瑞の弟・大谷尊由《そんゆ》は、中国の五台山で、当時モンゴルに亡命していたダライ・ラマ十三世と会い、留学生の交換を話し合う。

ダライ・ラマ十三世は、一九〇九年十二月、亡命先のモンゴルからチベットのラサに戻る。しかし、一九一〇年（明治四十三）清国のラサ侵攻によってダライ・ラマ十三世は、今度はインドに亡命することを余儀なくされる。

その情報を得た大谷光瑞は、カルカッタにいた青木文教にダライ・ラマ十三世との謁見《えっけん》を指示する。当時のチベットは、鎖国状態にあり日本との国交が無かったことから、西本願寺の大谷光瑞とチベットのダライ・ラマ十三世との私的な関係による留学生の交換が話し合われ、実現する。

一九一一年（明治四十四）、チベットからセラ寺出身の高僧、ツァワ・ティトゥルと二人の従者が留学生として西本願寺にやってくる。

大谷光瑞は、この留学生の世話係として当時、西本願寺でアルバイトをしていた多田等観を指名する。多田等観にとって思いもよらぬ事態となるが、多田等観の才能が発揮され、その後まもなく、等観の人生は、大転換を迎えることとなる。

多田等観の役割は、チベット留学生の身の回りの世話をすることと共に留学生に日本語を教える役目もあった。多田等観は、チベット人の世話をしながら日本語を教えている数カ月の間に、等観自身がチベット語を何不自由なく話すようになり、チベット文字を読むことも書くことも出来るようになる。

しかし、チベット人の学んだ日本語は、純粋な秋田弁であったため、京都弁の大谷光瑞らに全く伝わらなくて、日本語教師の役は外されてしまう。

この間に世界情勢が急変する。一九一一年（明治四十四）十月に辛亥革命が起こる。約三百年にわたって中国を支配してきた清朝が、一九一二年（明治四十五）二月十二日、皇帝溥儀《ふぎ》の退位によって滅亡する。

ダライ・ラマ十三世は、革命の勃発後直ぐにチベットに戻る準備を始め、一月に日本にいた留学生を召喚する。このチベット人留学生の帰還に際し同行することとなったのが、以前にダライ・ラマ十三世に接見したことのある青木文教とチベット留学生の世話をしていた多田等観である。

多田等観の同行は、自ら望んだものでなく、留学生に懇願されたもので、とりあえずインドまで同行することになった。多田等観にとっては、秋田の中学を卒業後、弟のいる西本願寺に来てからたった十カ月でインドに渡ることになった訳である。

当時、ダライ・ラマ十三世は、シッキムにあるカリンポの行宮《あんぐう》にいた。シッキムは、ネパールとブータンに挟まれた小さな国で、イギリス領インド帝国の属国となっていたシッキム王国である。行宮は、ダライ・ラマ十三世のためにブータン国王が造営したという。

一九一二年三月、ダライ・ラマ十三世に謁見した多田等観は、その後の人生を大きく変えることとなった。謁見の際、多田等観は、チベット語で話し、チベット式の礼拝、チベットの習慣に従った挨拶をして、ダライ・ラマ十三世を驚かせ、かつ喜ばせたという。

この時から、多田等観は、ダライ・ラマ十三世の弟子として、トゥプテン・ゲンツエンというチベット名をもらう。この名は、ダライ・ラマ十三世の名前、トゥプテン・ギャムツォのトゥプテン（寂静）からとられた特別のものであった。

そしてチベット僧の衣服や履物を整えてもらい、チベットへの入国許可書と旅券を下賜《かし》されている。当時のイギリスは、政策として外国人をチベットに入れることを一切禁止していた。特に多田等観は、日本のスパイとみなされ監視が付けられていた。

こうした中で、一九一三年（大正二）八月、多田等観の元へ西本願寺から入蔵命令書が届く。意を決した多田等観はイギリス官憲の警備の目を欺くために、日本に帰国すると言って、一旦カルカッタに向かった。

インドからチベットに行くには、ネパールかシッキムかブータン、いずれかの国を通過しなければならなかった。

青木文教は、前年にネパール経由でチベット入りを果たしたが、ネパールの国境はイギリスの官憲が多く配備されていたし、シッキムも同様であったため、多田等観は、ブータン経由でチベット入りを目指し、ブータン人に変装してブータンに向かう。

しかし、ブータン国境にもイギリス兵がいて、しかも多田等観の手配写真まで回っていたという。

ブータンでは、はだしで土を踏んで歩いている人が多かったため、靴を川に投げ捨ててはだしで進むことにし、様々な災難に遭いながらブータンを横断するだけで三十五、六日かかったという。

ブータンからチベットに入るのにはヒマラヤ山脈を越えなければならなかった。多田等観は、『チベット滞在記』の中で次のように表現している。

ブータンとチベットとの国境の一番高いところまで行くと、そこは六五〇〇メートルくらいの峠を越えなければチベットへ入ることができない。道らしい道はないが、たいそう美しい花が咲いていて、それが雪の中で咲いているのであった。ここの国境には、誰も人影は見えなかった。この高い峠では、酸素が稀薄なせいであろう、呼吸困難にまたしても苦しめられて、十歩と続けては歩けない有り様であった。現今のヒマラヤ登山のように酸素補給器もなければ磁石もなく、想像以上の苦労をしたものだ。

その峠を降ってチベット側に出た。

チベットのラサに着いた多田等観は、十月七日にダライ・ラマ十三世の離宮ノルプリンカにおいてダライ・ラマ十三世に謁見し、しばらく離宮に滞在する。

この時、ダライ・ラマ十三世から、チベットでは学問と修行を切り離して仏教を学ぶところはない旨を聞かされ、勧めに従って僧院に起居して学ぶことにしたという。

3　修行と取経

多田等観が学んだセラ僧院は、チベット仏教最大の宗派で、ダライ・ラマを輩出するゲルク派の学問寺の一つである。

僧院は修行と共に教理研究を行う学問寺としての機能を持っていて、僧院は日本の大学に相当し、チベット仏教の研究が学部相当の学堂で行われた。セラ僧院は、ラサの郊外にあり、当時五千五百人ほどの僧侶がいた。

学習内容は、最初に仏教論理学で論理学の基礎を学び、議論の運び方を三年かけて学んだ。

次いで般若経《はんにゃきょう》の空観を基礎とした修道論を学び、さらに中観学では、般若経の空・無自性の理論を学び、戒律学や倶舎学など五教科を学んだという。

五教科は全体で十三クラスに分けられ、それぞれのクラスに配当された教科を順次習得して、次に進級する。

学問研鑽《けんさん》の基本は、まず経典・論書課題項目の暗記で、暗記して覚えた経文を基に問答し、問答による討議を通して思索を深め、習得していくという。

問答は、屋外の問答場で、一日三回行われる。クラスごとに問答が実施され、数人で円陣を組んだ輪の中で一人の立った学僧が手を打ちながら、一人の座った答者に問いをなげかける。

五教科すべてを終えるのに、通常は二十年以上かかるとされるが、多田等観は十年で卒業し、外国人では初めてゲシェー（仏教博士）の称号を与えられた。

多田等観は、学僧としての毎日を送る一方で、経典の収集に時間を費やしていた。大蔵経《だいぞうきょう》とは、仏教経典の総称で一切経ともいわれるが、等観はチベット大蔵経や、大蔵経に収録されていないチベット人の著作である蔵外文献を中心に収集した。

当時のチベットの印刷物は木版印刷で、書籍の形で販売されるものではなかった。印刷物を必要とする人が、木版を持っている所へ紙を持ち込み印刷してもらうというのが、一般的な書籍の入手方法であった。

しかし、紙の入手は困難を極めたし、冬は凍結して印刷が出来なかった。従って、書籍の収集は時間も要したし、多くの資金も必要であった。

西本願寺の法主・大谷光瑞の命によってチベット入りを決意してチベットに入国した多田等観であったが、等観がチベットに入った翌年の一九一四年（大正三）、大谷家が抱えていた巨額の負債問題や、教団の疑獄事件等で大谷光端は法主《ほっす》を辞任し、隠退する。

多田等観は、後ろ盾を失うことになったが、等観を励まし修行を続けさせ、仏典の収集を継続させたのが島地大等であった。

島地大等は、当時、盛岡の願教寺の住職であり、東京帝国大学で教鞭《きょうべん》をとっていた。大等は、等観に次のようなアドバイスを送っている。

「帰ってからでも出来ることは後回しにして、そちらでなくては調べられないことを調べて来るように。大蔵経はすべて日本にも来ているし、蔵経以外の仏典が手に入らないか、もし版木がみつからなければ、買い取るか写しとるかして」と、その仏典名も指示している。

また、帰国してからのことも心配して「今のうちから少しずつ発表しておいた方がよいから原稿を送るように、文章は分かりさえすればこちらでよいようにするから」とも書いている。

多田等観は、十年に及ぶ修行を終え、また、ダライ・ラマ十三世の計らいで未だ国外に出たことのないデルグ版大蔵経を日本に請来することになり、多くの貴重本や文献も手に入れることが出来、帰国することになった。

一九二三年（大正十二）二月多田等観は、ダライ・ラマ十三世の宮殿で別れを惜しんで一泊し、翌日ラサを離れることになった。

ダライ・ラマ十三世は、等観に特別なダライ・ラマ十三世発行の旅券を発行し、お別れに前例のないダライ・ラマ十三世の手形が押し、法王の金印（玉璽《ぎょくじ》）が捺してある浅黄色《あさぎいろ》の絹の布を与え、さらに、お守りとしてダライ・ラマ十三世自ら造った朔像の十一面観音像が納められた琥珀《こはく》製の龕仏《がんぶつ》を下さったという。

帰国に際して等観が請来した経典・典籍等は、二万四千部余りであった。

多田等観の帰国に際し、ダライ・ラマ十三世は、記念の下賜品の希望を尋ね、等観は、チベットの仏教学者プトゥンの著作「プトゥンの全二十七帙」と「釈尊絵伝全二十五幅」を望んだという。

プトゥンの著作は、直ぐ印刷してもらったが、「釈尊絵伝」の希望は叶えられなかった。

4　釈尊絵伝

多田等観がチベットから帰国して十三年後、多田等観の下に「釈尊絵伝全二十五幅」が送られてくる。

一九三三年（昭和八）に遷化《せんげ》されたダライ・ラマ十三世の遺言によるものであった。多田等観は、ダライ・ラマ十三世に、「等観であれば、チベットの仏教を正しく伝えることが出来る」と言わしめたほど信任されていたからであろう。

「釈尊絵伝」とは略称で、正式には「釈迦牟尼世尊絵伝」という。釈尊の生涯を描いた仏陀の伝記である「仏伝」を絵にして表したものである。

仏伝を浮彫彫刻や絵画で表すことは、アジア諸地域でも盛んに行われたが、詳しく描く場合でも大半は、釈尊の前半生を表しているという。それは、中国の敦煌壁画や日本の因果経、インドネシアのボロブドゥールの彫刻などをいう。

チベットの釈尊絵伝ほど、釈尊の全生涯にわたって詳細で完全な絵画の事例はほとんどないという。

ダライ・ラマ十三世から贈られた釈尊絵伝は、ダライ・ラマが代々伝えてきたもので、綿布の画布に彩画された二十五幅からなる。

この絵伝は、本来、本尊を中心として右翼に十二幅、左翼に十二幅が並び、仏伝が展開するものであるが、一幅の欠落があり、本尊が二幅あるため、二十五幅になっている。「仏伝図」二十三幅には、中央に釈迦牟尼世尊を描き、周辺に釈迦牟尼世尊の事績をめぐる百二十の説話が一図あたり三話から十三話、平均すると六話の割合で釈尊の生涯にまつわる出来事が描かれている。二十幅を超える大規模なセットは、世界的にもほとんど類例がみられないという。

5　西蔵大蔵経

一九二三年（大正十二）二月十四日、多田等観は、インドのカルカッタを出発し、ラングーン、ペナン、シンガポールを経由し、香港や上海に滞在し、二月下旬に帰国する。

五月には、デルゲ版大蔵経のカンギュル（大蔵経の仏説部）とテンギュル（諸仏典の注釈書である論書部）二部全巻具足を二組、神戸港に荷揚げし、西本願寺の書庫をかりて整理を始める。

六月には、法主隠退後の大谷光瑞が設立した上海光寿会から、多田等観に蔵経を全部持参の上、上海で働くよう誘いがある。

国内で大蔵経目録の作成を希望していた多田等観は、島地大等に相談の上、大谷光瑞に「入蔵学法始末書」を提出し、暇乞《いとまご》いを願い出る。

多田等観は、一九二四年（大正十三）一月、島地大等の推薦で東京帝国大学文学部嘱託（印哲島地研究室）になり、チベット文献の整理を行う。

そして、翌年六月には、東北帝国大学法文学部の研究補助嘱託となり、一九二九年（昭和四）に東北帝国大学法文学部授業嘱託に昇格している。日本においては中学卒業だけの学歴しかない等観にとって特別な大抜擢《ばってき》である。

この頃の日本陸軍は、満州事変以後、隣接する内モンゴル地域に工作活動を開始するが、チベット仏教圏であるモンゴルの懐柔に多田等観が招かれる。

一九三三年（昭和八）に多田等観は、大連の夏期大学講師として渡満している。この時、満州国執政・溥儀に謁見しているし、当時北京《ペキン》にいたスウェン・ヘディンにも会っている。

一九三四年（昭和九）東北帝国大学から『西蔵大蔵経総目録』と『索引』が刊行された。

内容は、①チベット語の題号、②ローマ字で表記、③日本語訳、④梵語の題号、⑤漢訳書、⑥著者、⑦翻訳者、⑧翻訳校訂者を順番に記している。

完全に揃った形でチベット大蔵経の目録を作ったのは、世界で初めてのことで、このデルゲ版大蔵経文献目録は、世界中のチベット仏教学者のテキストとして活用されることになる。

一九四三年（昭和十八）東京帝国大学文学部講師の発令と共に、慶応大学の外国語研究所、亜細亜研究の創設に参画する。戦後一九四六年（昭和二十一）東京大学に講師として迎えられる。

一九五一年（昭和二十六）サンフランシスコのスタンフォード大学アジア文化研究所の招きにより渡米し、教授として講義を行う。

しかし、一九五三年、アジア文化研究所が閉鎖され、十一月に帰国することになる。この年の五月に、東北大学から『西蔵撰述仏典目録』が発刊される。

『西蔵撰述仏典目録』は、東北帝国大学所蔵となった文書中、チベットで書き著された仏教関係書の目録で、『西蔵大蔵経目録』の姉妹編となるもので、内容は、①チベット語による表題、②ローマ字による表記、③日本語訳、④英文解説の順に記されている。

蔵外（チベット大蔵経以外の文献）といわれるチベット仏教関係の典籍約四千点の内容を明らかにしたもので、世界中のチベット学者にとって貴重なテキストとなった。

一九五五年（昭和三十）、多田等観は『西蔵撰述仏典目録』の共同研究の成果が認められ、日本学士院賞を受賞した。

翌年、財団法人東洋文庫のチベット学研究センターの主任研究員として迎えられた多田等観は、日本におけるチベット学の繁栄の基礎を築き、後進の育成にも力を注いだことが認められ、一九六六年（昭和四十一）十一月、勲三等旭日中綬章を受章した。

第五章　縁成

仏語に縁成《えんじょう》という言葉がある。一切のものが因縁によって成り立つということを意味する。また、華厳教学の法界縁起の中で、縁成は、縁によって成る、縁によって物事が完成してゆくと捉えられ、共生とも繋がる意味にも解される。

宮沢賢治は、一八九六年（明治二十九）花巻川口町（現・花巻市）で誕生し、多田等観は、一八九〇年（明治二十三）南秋田郡土崎港（現・秋田市）に誕生しており、ほぼ同じ時代に生き、チベットの仏の世界に思いを寄せた。

二人は、直接会うことは無かったが、様々な人や場所などを介して密接な繋がりを持っていた。多田等観の人生に大きな転機をもたらした人物の一人に島地大等がいる。また、宮沢賢治も島地大等の著した『漢和對照　妙法蓮華經』を読んで生涯を決したという。

1　赤い経巻

宮沢賢治が、一読してその真髄を把握し、体がふるえるような感動をしたとされる島地大等著『漢和對照　妙法蓮華經』は、赤い布で装幀され、表紙に金文字のサンスクリット語とその下に金色の菩薩と法輪を拝する女性の図柄が描かれおり、背表紙に金文字で「漢和對照　妙法蓮華經」と書かれた本で、宮沢賢治自ら「赤い経巻《きょうかん》」と呼んでいたという。

宮沢賢治の読んだ『漢和對照　妙法蓮華經』は、一九一四年（大正三）八月に明治書院から出版されており、発刊されてまもなく賢治の父・政次郎の法友である浄法寺の髙橋勘太郎から政次郎に贈られたものだという。

『漢和對照　妙法蓮華經』は、上欄に鳩摩羅什の漢訳、下欄は慈覚大師《じかくたいし》の訳とされる和訳で構成される。しかし、この本の特徴は、法華経を漢文と和文で対照させただけではなく、「法華大意」、「法華略科」、「法華字解」、「法華歌集」が記されていることにあるという。

特に「法華大意」は、法華経の思想・内容の要点が書かれており、島地大等の法華経解釈、法華経観が記されている。その一部「今經法益」には、次のように書かれている。

特に其内容に於て一代佛教の概括的敍述を其眼目とせる如きは多數の諸經に比して特色明瞭なり。加之其說相平易にして譬喩、因緣に富み、何人も一讀して一往の領解を得べく、若、深く之を窮むれば道德的にも哲學的にも宗教的にも多面に其深玄なる含蓄を味ふことを得べく、人をして知らず識らず如來廣大の慈恩に歸入せざる能はざらしむ。一言にして之を云はゞ、一切の聖典中最も牽き付くる力あるものは實に此法華經なりと云ふを得べし。されば夙に印度佛教徒の間に傳誦せられ、龍樹大士は盛に其著中に讃唱し、世親開士は特に其註論を作り、尼波羅佛教徒は古來九大寶典の一に數へて現に傳持す。漢和兩朝に在りても亦諸經の内、誦講の盛なること此經の右に出づるものなく、從つて其法益の深廣なること一代諸經の中殆ど之に過ぐるものはあらじ。

『漢和對照　妙法蓮華經』の「法華大意」は、島地大等の法華経賛辞である。また、「法華略科」は、法華経二十八品全体と各品の叙述構成を図示して経文読解を助ける役目を果たしている。さらに「法華字解」は、初心者のために用語を解釈したものである。

宮沢賢治が、『漢和對照　妙法蓮華經』を一読して、その真髄を把握し感動したかどうかは別にして、『漢和對照　妙法蓮華經』との邂逅《かいこう》が、生涯を決したことは疑いない。その根底に、島地大等の法華経賛辞「法華大意」があった可能性が高い。

宮沢賢治は、一九一一年（明治四十四）盛岡中学三年の時、父・政次郎の主催する花巻での夏季仏教講習会で講師である島地大等のお世話をしているし、その後も盛岡願教寺で島地大等と再会しており、島地大等に尊敬の念を抱いていたと思われる。

法華経の本文と共に島地大等の法華経に対する熱意が、宮沢賢治に伝わり、生涯を決することになったのではないだろうか。

宮沢賢治は、島地大等に対する思いを歌にしてある。

大正四年　歌稿

本堂の
高座に島地大等の
ひとみに映る
黄なる薄明

大正四年「歌稿」異稿

本堂の
高座に説ける大等が
ひとみに映る
黄なる薄明

宮沢賢治は、黄色や金色は、仏を象徴する尊い色として特別な意味を込めて使用しているから、島地大等に対する最大限の尊敬の念を込めた歌といえる。

2　島地大等

ここでは、多田等観と宮沢賢治に大きな影響を与えた島地大等について、白井成允《しげのぶ》著『島地大等和上行實』を基に大等の人物像についてみていくこととする。

島地大等（一八七五〜一九二七）は、新潟県頸城《くびき》郡三郷村（現・上越市）の浄土真宗本願寺派・勝念寺の姫宮家の次男として誕生する。

大等は、十五歳の一八八九年（明治二十二）に上京し、西本願寺の東京築地積徳教校に入学する。翌年に父・姫宮大円《ひめみやだいえん》が、勝念寺住職を長男に法嗣《ほうし》し、上京して積徳教校の教授となり、共に暮らすようになる。大等は、昼夜を問わず父の教えを受ける。この時、父・大円は、曹洞宗大學林にも招かれ、法華玄義・観音玄義・華厳五教章を講じている。

大等は、浄土真宗本願寺の僧ながら、あらゆる宗派の経典を研究して仏教哲学を確立させるが、その原点は父の宗派を超えた教えであった。

また、この東京での暮らしの中で、仏教の素養以外に西洋の新しい思想や学問に対して、広き理解と鋭い批判の目を向ける発端は、この時期に養われる。

一八九三年（明治二十六）父・大円が、京都の本山大學校教員を命ぜられ、大等は一緒に京都に移り、文學寮本科二年に入る。ここでも昼夜問わず父・大円の教えを受ける。

在学当初から大等の学才は衆目を集めていたという。大等は、一八九七年（明治三十）文學寮高等科を、一八九九年に大學林を卒業し、一九〇二年一月、島地黙雷《もくらい》の次女篤子と婚約し、島地家に入籍する。同年三月に大學林高等科を卒業と同時に、東京の島地家宅に住む。

島地大等は、西本願寺の高輪佛教大學並びに同中学校教授として教壇に立ち、仏教教理史を講じながら、自身の研鑽を深めるために、真言宗・上田照遍阿闍梨《あじゃり》に就いて華厳五教章などを稟《う》ける。

この年の十月に大等は、第一次大谷探検隊の一員としてインドに向かうこととなる。インドから帰国した大等は、探検隊の成果を整理した後、直ぐに比叡山《ひえいざん》に入り天台座主に就いて真言事相を伝えられ、後に高野山《こうやさん》に入り研究資料を調査する。この間に、比叡山で天台宗西部大学講師として仏教概論等を講じる。

一九〇六年（明治三十九）一月、島地大等は、東京に戻る。大等は、東京の仏教関係大学から教えを求められた。大等は、同年一月から曹洞宗大學（現・駒澤大学）では大乗起信論・三論學・唯識學等、四月から浄土宗立宗教大學（現・大正大学）では、天台學、真宗學・起信論等、翌年四月から大崎日蓮大學（現・立正大学）では、天台教理史、一九〇九年（明治四十二）四月から天台宗大學（現・大正大学）では、天台教理史・仏教教理史・華厳五教章・起信論義記等、翌年四月から東洋大學では、華厳學・起信論・法相義・倶舎論・仏教研究法・仏教概論等を講じた。

島地大等は、東京の大学で仏教諸学を講じる中でも自身の研鑽も怠らなかった。一九〇七年（明治四十）十月比叡山に入り、座主觀澄《かんちょう》大阿闍梨に就いて、三部都法灌傳法頂鎮國大阿闍梨位を稟ける。二年後には野澤一多の秘印口訣・秘記・密具等を授けられ、日本真言の最も深秘傳承の一切を身につける。

島地大等は、比叡山に入る前、四月に婚約者の島地默雷の次女篤子と盛岡の願教寺において結婚式を挙げる。また、この年から義父・島地默雷と共に願教寺での夏季仏教講習会を始める。翌年の十月には、長男が誕生する。

島地大等は、大学での講義、自身の研鑽、家庭での生活と多忙を極めていた頃進めていたのが、先の『漢和對照　妙法蓮華經』の執筆である。

一九一三年（大正二）七月二十九日の次男の誕生について、大等自身が、「予は『對照法華』の上梓《じょうし》を記念し、名を法磨と命ず。」と記している。

一九一四年（大正三）西本願寺二十二代門主・大谷光瑞は、疑獄事件等により法主の座を辞する。これにより、光瑞の弟の光明《こうみょう》に西本願寺門主の継承権が移ったが、光明も辞し、光明の長男・光照《こうしょう》が継ぐことになる。しかし、光照はまだ幼かったため、大谷家側近が四代にわたり管長代理を務めることとなった。光照の母は、大正皇后の妹であり、光照は、昭和天皇の従兄弟《いとこ》にあたる。

一九一六年（大正五）島地大等は、西本願寺二十三代門主となられる大谷光照の養育係を仰せつかる。幼い光照の身の回りのお世話をするため島地家に勤めたのが、後に多田等観夫人となる山田菊枝である。山田菊枝は、浄土真宗の熱心な信者である両親の下で育てられ、島地默雷が創設した女子文芸学舎を卒業する。校長の勧めで島地家に入り、光照の世話をするようになる。

島地大等は、一九二三年（大正十二）より、東京帝国大学で印度哲学の講座を担当する。教壇では、中国、日本古経典や論書、各宗の宗論や教学史など多岐にわたった印度哲学を教えるようになる。この年三月には、多田等観がチベットから帰国する。

島地大等は、チベットで修行中の多田等観を様々な面から支援していたことが手紙等で明らかになっているが、経典の収集などでも適切なアドバイスを行っており、帰国後の多田等観のチベット仏教研究の援助も行っている。

宮沢賢治が、島地大等の著した『漢和對照　妙法蓮華經』を読んで生涯を決したと同様、多田等観も、島地大等の支援によってチベット仏教の研究を生涯続けることが出来たのである。

大等の才能を見込んで法嗣として求めたのが、当時盛岡の北山の浄土真宗本願寺派・願教寺で住職をしていた島地黙雷（一八三八〜一九一一）である。黙雷は、明治初期の日本の仏教界に大きな影響を与えた人物である。

3　島地黙雷

明治政府の出した神仏分離令に基づく廃仏毀釈《はいぶつきしゃく》、つまり仏教を廃する運動が起こり、仏教界は混乱した中で、仏教の行く末を見定め、その舵取《かじと》りを担ったのが島地黙雷である。

島地黙雷は、周防国《すおうのくに》佐波郡徳地宰判升谷村（現・周南市《しゅうなんし》）の本願寺派末寺に生まれ、明治維新後、防長二州の末寺総代として、本願寺法主の安否伺いの名目で京都に上り、本山・西本願寺の改革を行う。

また、同じ長州藩の木戸孝允《きどたかよし》参議を通じて寺院寮の設置を求めた。明治政府は、神道国《しんとうこく》教政策をとるが、東西本願寺門徒の想像以上の抵抗を受けていただけでなく、長崎浦上《うらかみ》の隠れキリシタン弾圧は、列国から厳しい抗議を受けていた。

仏教もキリスト教も排除しようとする明治政府は、内外双方から対応を迫られていた。

しかし、復古勢力を内包する明治政府で、この深刻さを熟知しているのは、木戸孝允、伊藤博文《ひろぶみ》、大隈重信《おおくましげのぶ》ら一部に限られていたという。こうした中で欧米の諸制度の他宗教政策見聞の必要性を説き、岩倉使節団の派遣を決めた木戸孝允は、西本願寺の門主に使節団への同行を求めた。

一八七二年（明治五）西本願寺第二十一世門主の大谷光尊《こうそん》の命で、岩倉使節団に加わり、仏教徒としては初めて、ヨーロッパ視察に出かけたのが、島地黙雷である。

島地黙雷は、使節団とは行動を共にしなかったが、エルサレムでキリストの生誕地を訪れ、帰りにはインドに寄って釈尊の仏跡を礼拝する。

その結果、島地黙雷が得たのは、奇跡を説かず信仰に基づく浄土真宗の教えは、極めて合理的で、キリスト教以上に近代社会に適合するという自信であり、ヨーロッパ諸国のように政教を分離すれば、教団は我が国の近代化と並行して発展可能であるというもので、木戸孝允の了解を取り付け、パリから建白書を政府に送っている。

一八七五年（明治八）明治政府は、政教分離を受け入れ、一八八九年（明治二十二）の明治政府による大日本帝国憲法に信教の自由が明記される。これら政教分離と信教の自由は、島地黙雷らの活動によるものである。

また、島地黙雷は、女子文芸学舎（現・千代田女学院）を創立し、社会事業や女子教育にも功績を残す。また、黙雷は、宗派内の会だけでなく宗派を超えた結社を作り、仏教を標榜《ひょうぼう》しない結社にも参加する。

一八九二年（明治二十五）、島地黙雷は東北布教の拠点として、盛岡市北山の浄土真宗本願寺派願教寺の第二十五代住職となる。

その頃の黙雷の住居は東京にあり、そのまま東北各地の布教に励んでいたが、一九〇五年（明治三十八）盛岡に住居を移し、夏季仏教講習会を始める。これが、後に宮沢賢治も参加する夏季仏教講習会である。

黙雷は、東北布教を行っている時、多田等観が生まれた秋田の西船寺を訪れており、等観の名前の由来となった「等観三界無所有」と黙雷が書いた軸が、西船寺に残されている。

4 一燈庵

多田等観が十年にわたるチベットでの修行後、多くの請来品《しょうらいひん》と共に帰国したのが、一九二三年（大正十二）三月である。その半年後の九月一日に関東大震災が起こる。

この大震災の報は世界中に伝わり、心配したダライ・ラマ十三世から、多田等観に見舞いの手紙が届いたという。

その返事に「チベットから戴いて持ち帰った物は、何一つ損なうことなく保存出来ていて、被災をまぬがれております。」と書いたという。すると直ぐにダライ・ラマ十三世から返事がきて「お前は日ごろラマ（チベットの聖人）を大切にするから、その報いによって、何の障害も起こらなかったのだ」と書いてあったという。

等観は、その因果関係が私には分からなかったが、気持ちの上では何かが守ってくれているような気がしてならなかったと記している。

関東大震災から二十二年後、一九四五年（昭和二十）チベットからの請来品は、再び、危機にさらされる。等観の日記には、「五月一日、建国大学より教授発令の電報あり。慶應大へ任期の割愛を交渉するように返電。五月二十五日に東京大空襲、二十九日横浜大空襲、六月十三日、建国大学に赴くため、新潟港出帆渡満の船の手続きをし、十四日長崎運輸次官に花巻疎開の貨車依頼。二十一日姉ヶ崎駅に貨車配車あり、蔵経・仏画を花巻へ疎開。三十四個、牛車二台（釈尊絵伝、デルゲ版・ナルタン版論疏部、ラッサ版経部、蔵外竹里館本）。貨車は二十四日発。七月六日、七日千葉市大空襲」とある。

多田等観自身の多忙さに加え、終戦直前の危機的な戦況下の中で、多くのチベットの請来品は、奇跡的な幸運を得て、疎開することが出来た。建国大学とは、満州国の首都・新《しん》京《きょう》にあった国務院直轄の国立大学で、長崎運輸省次官は、秋田県出身で後に第三代国鉄総裁となった長崎惣之助《そうのすけ》である。

チベットの請来品の疎開先は、多田等観の弟鎌倉義蔵が住職を務める花巻の浄土真宗本願寺派の光徳寺《こうとくじ》である。光徳寺は市街地にあったため、空襲を受ける危険があることから、チベットの請来品は、奥羽山地の麓に近い湯口村（現在の花巻市湯口）に避難させた。

湯口村周辺は光徳寺の檀家《だんか》が多くあったことから、三十四個に分けられたチベットからの請来品は、光徳寺の檀家の家に分散して避難させたという。事実、花巻は、八月十日に市街地が空襲に遭い、光徳寺に近かった宮沢賢治の生家が焼失し、同所に疎開していた高村光太郎も被災している。

一九四六年(昭和二十一)多田等観は、東京帝国大学文学部の講師や慶応大学の外国語学校で教鞭をとっていたが、合間を見て花巻に通うようになる。

八月に湯口の光徳寺檀家の家で高村光太郎に出会い、二週間後には光太郎が疎開していた近くの大田村(現・花巻市太田)の山荘を訪ねており、以後親交を深める。

また、翌年の一月、宮沢賢治の父・政次郎が光徳寺を訪ねてきて、宮沢賢治の遺言で作られた「和訳法華経本」を寄贈され、その後親交を深める。

多田等観は、花巻に来る度に宮沢邸を訪れていたらしく、一九五五年(昭和三十)と翌年に病床の政次郎を見舞っており、翌々年の政次郎の死去には、二十五条衣で弔問し、チベット経の読経を行っている。

一九四七年三月十六日、多田等観は初めて湯口村の円万寺観音山に登る。早池峰山に対《たい》峙《じ》し、眼下に北上平野を一望出来るその場所を大変気に入り、しかも、そこには古い観音堂があったことも大きな要因となり、堂守として観音山に住み込みたいと願うようになる。

そして、四月八日、多田等観が大切にしてきた、ダライ・ラマ十三世恩賜の千手千眼十一面観音立像を観音山の観音堂の本尊として寄贈する。

多田等観の観音山に対する思いを知った地元の人々は、観音堂の隣に小さな庵《いおり》を建設して、多田等観の起居の場の一つにした。それが、一燈庵《いっとうあん》である。

地元の人々は、近くの恩賜郷倉《おんしごうそう》（昭和九年の大冷害に際して、下賜金で建てられた備荒倉《びこうそう》）を観音山に移築し、光徳寺檀家の蔵に分散保管していたチベット請来品を納める経蔵とした。

しかし、経蔵の建物は、古材を利用した粗末なものであり、湿気を呼び、鼠が出入りする状況を見た岩手県知事らは、経蔵には相応しくないとする意見が出た。

こうした状況を知った花巻の新興製作所の創業者・谷村貞二（一八九六～一九六八）は、貴重な文化財を保護するために、不燃性、防湿のための特別な工夫をした建物を造るための資金を提供した。

これが、光徳寺境内に建てられた「蔵脩館《ぞうしゅうかん》」である。チベットからの貴重な請来品は、多田等観がスタンフォード大学アジア研究所に招かれて渡米する一九五一年（昭和二十六）にチベット式仏殿を模した「蔵脩館」に移された。

多田等観にとって、観音山は特別な場所となり、東京での大学の授業等多忙な中にあって、度々観音山を訪れ一燈庵に滞在し、湯口の人々との交流を持つ。

多田等観と湯口の人々との交流の様子がよく読み取れる書簡が残されている。多田等観が渡米している時、観音山の一燈庵での生活のお世話をした照井忠太郎宛の手紙である。

忠太郎殿の御病気如何　寝伏しておるそうだが　誰でも死なければならないのだが死して後は西方極楽行だ　極楽へ行くまいにアメリカに一寸でもよいから立寄って行ってもらいたい　金髪のアメリカ美人が多いので　それに迷って私の所へ来るのを忘れてはいけないぞ　安部医者が見舞に来たそうだ　アノ医者から何遍も来て貰ってゼイタクだぞ　然し忠太郎幸福者である　欲をいえば際限はないが　しあわせ者である。ただ残念なのはアメリカ美人を連れていってみせられない事だ（中略）観音様に送られアミタさま（阿弥陀様）に迎えられ西方の彼の所へ行くのである。幸福である。かの国にはいやな男は一人もいない　何も気を遣う事のいらぬ安楽世界である。おれも幸福だ　吊り鐘がほしいと思えばみんなで心配してくれるし　庫がほしいと思えば日本一の宝物館ができるし何んと幸福であろう　この恩を成就するまで忠太郎にも随分心配かけた　私二人は心配しかいがあったよ。今年アメリカにも何か出来ることになっている　見せてやりたい　立寄ってくれ。

ジョークを交えながら、極楽往生出来る幸せを説き、観音菩薩の施無畏《せむい》、つまり畏怖《いふ》を取り去って、怖がらなくてもいいという内容であり、宮沢賢治の「雨ニモマケズ」の「南ニ　死ニサナ人　アレバ　行ッテ　コハガラナクテモ　イヽ　トイヒ」と同じである。

観音山は、多田等観の生地でもなく、また家族と共に住んだ場所でもなく、研究や仕事の場でもない。しかし、等観にとっては特別な場所として、しばしば訪れて湯口の人々と交流を持つ。また、湯口の人々にとって多田等観は、観音堂と同様に特別な存在であった。

子供の頃多田等観からチベット文字を習ったという畠山博志が、『観音山』（一九七九年、増補版一九九五年）に詳しく記している。

それによると、湯口の人々と観音山と多田等観の関係は、特別な御縁で結ばれていたのだろうとされる。湯口の人々は、一九六七年（昭和四十二）二月、多田等観逝去に際し、湯口農協の有線放送で追悼特集を放送しているし、その年の五月に多田菊枝夫人、次女千枝子が観音山を訪問した際にも有線放送でその様子を報じている。翌年以降、多田等観追善供養を行い、記念碑の建立も行った。

多田等観が、チベットからの請来した品々やダライ・ラマ十三世から贈られてきた釈尊絵伝等は、光徳寺境内の蔵脩館に収蔵されていたが、一九九四年（平成六）に花巻市に寄贈され、その後、新たに建てられた花巻市博物館に移され、現在も保存されている。

5　宮沢賢治記念館と花巻市博物館

宮沢賢治の世界を知る施設と、多田等観の生涯をかけて守り抜き研究した資料が保管されている施設が、隣り合わせにあることも、ある意味では縁成なのかもしれない。

「宮沢賢治記念館」は、賢治ゆかりの地である花巻市街地の東部、北上山地の西端に位置する胡四王山（百八十三メートル）の南東部九合目付近にある。

胡四王山は、宮沢賢治の「雨ニモマケズ手帳」に「経埋ムベキ山」の一つであり、頂部には胡四王神社が鎮座する。胡四王神社の社伝では、八〇七年（大同二）、坂上田村麻呂《さかのうえのたむらまろ》が武運長久と無病息災を祈願し、自身の兜《かぶと》の中に納めていた薬師如来像を祀《まつ》って創建したとされる神社であり、神社としては珍しい北向きの社殿を持つ。

多彩なジャンルに及ぶ宮沢賢治の世界に出合う施設として建設された宮沢賢治記念館は、一九八二年（昭和五十七）に開館し、二〇一五年（平成二十七）にリニューアルしている。展示室は、科学・芸術・宇宙・宗教・農業の五つの部門で構成されている。

喫茶を兼ねた「賢治サロン」では、紙芝居や映像と音楽のライブラリー等があり楽しめる。また、展望ラウンジからは、花巻市街を一望出来る。

宮沢賢治記念館の南側斜面には、「ポランの広場」があり、賢治が書いた設計書を基に再現された南斜面花壇と日時計花壇を楽しむことも出来る。

「ポランの広場」のさらに南には、宮沢賢治をもっと知りたい人のための施設「宮沢賢治イーハトーブ館」がある。宮沢賢治に関する数多くの図書や研究論文のほか、様々なジャンルの芸術作品を収集、整理、公開している。

また、宮沢賢治イーハトーブ館には、宮沢賢治の人と作品の愛好者や研究者の交流を図る「宮沢賢治イーハトーブセンター」の本部も置かれている。二百席のホールは、講演会、研究発表会、コンサートや演劇等の催し物に使われ、普段は賢治作品のアニメの上映等が行われている。

宮沢賢治記念館の西側には、賢治童話を楽しく学べる施設「宮沢賢治童話村」がある。童話村には、「銀河ステーション」、「銀河ステーション広場」、「天空の広場」、「妖精の小径」、「山野草園」、「賢治の学校」、「賢治の教室」がある。

賢治の学校は、「ファンタジックホール」、「宇宙」、「天空」、「大地」、「水」の五つのゾーンで構成される。ログハウスの展示施設「賢治の教室」では、賢治童話に登場する「植物」、「動物」、「星」、「鳥」、「石」に関する展示棟と「森の店っこや」がある。

宮沢賢治童話村に隣接して二〇〇四年（平成十六）に開館したのが「花巻市博物館」である。花巻の風土が育んだ歴史と文化を様々な視点から学べる博物館である。「考古」、「歴史」、「美術」の三分野からなる常設展示室のほか、企画展示室、講座・体験学習室や情報コーナー等がある。また、屋外には、館の建設工事現場で発見された約百四十万年ほど前のアケボノゾウの足跡化石が展示されている足跡化石広場がある。

収蔵品も多彩で、全国にみられる郷土人形の中でも評価の高い花巻人形は、数千点収集・保管されているし、花巻の焼物や花巻の三画人の絵画等のほか多田等観関連資料がある。

ダライ・ラマ十三世の遺言で多田等観に送られてきたチベットの秘宝ともされてきた「釈尊絵伝」など多田等観がチベットから請来した数多くの経典や仏画・仏像のほか、仏具や帽子、衣類、沓等々、様々な資料がある。

花巻市博物館には、斎藤宗次郎《そうじろう》の日記「二荊自叙伝」の自筆原本も保管されている。斎藤宗次郎は、花巻出身で無教会主義キリスト教徒・内村鑑三の最も忠実な弟子とされるキリスト教徒である。宗次郎は、花巻農学校の教師時代の宮沢賢治と交流があり、「雨ニモマケズ」の中のデクノボウのモデルともいわれる人物であり、宮沢賢治の交流の様子などが記されている。

第六章　憧れのシルクロード見聞記

1　憧れのシルクロード

宮沢賢治が「雨ニモマケズ手帳」の中に記した「経埋ムベキ山」の一つとされた山に胡《こ》四《し》王山《おうざん》がある。花巻市矢沢にある胡四王山（一八三メートル）は、頂部に胡四王神社があり、花巻地方の人々にとって古くからよく知られ、親しまれてきた山である。

一九五七年（昭和三十二）、東京大学東洋文化研究所によって胡四王山中腹にある胡四王山遺跡の発掘調査が行われた。東北地方北部の館跡の解明を目指した発掘調査であった。

私のシルクロードへの憧れは、中学二年の時、胡四王山遺跡の発掘調査を見学し、高校の世界史の授業で、胡四王山の「胡」の字が、胡椒《こしょう》や胡麻《ごま》などに使われ、五胡十六国など、古代の北方民族や西方の民族に使われる字であるのを知ったことに起因する。

胡椒や胡麻以外にも胡瓜《きゅうり》、胡桃《くるみ》、胡弓《こきゅう》、胡妃《こひ》、胡坐《あぐら》、胡酒《こしゅ》、胡旋舞《こせんぶ》など、はるか西方から運ばれてきたモノや、習慣に不思議な魅力を感じたのが始まりである。
大学に進み、出会ったのが胡四王山遺跡を発掘調査した恩師・桜井清彦先生である。桜井先生には、日本各地での発掘調査でご指導いただき、桜井先生も含め、先生の主宰する早稲田大学文学部史学科資料室で知り合った仲間と共に参加したのが、早稲田大学西南アジア学術調査隊である。

2 早稲田大学西南アジア学術調査隊

早稲田大学西南アジア学術調査隊の調査は、一九七〇年（昭和四十五）八月から翌年一月まで行われた。調査結果は、『東西文化交流史』（松田壽男博士古稀記念出版委員会編　雄山閣出版　一九七五年発行）のⅡイラン南道論に載せられている。

『東西文化交流史』のⅡイラン南道論は、総論「イラン南道論　松田壽男」、各論「シスターン地方（アフガニスタン、イラン）の考古学的一般調査の概要（一九七〇）　藤川繁彦」、「ペルシャ湾ミナブ付近の中国陶磁器　桜井清彦」、「イスラーム時代のイラン南道西部　佐々木淑子」、「イシドロスのパルティア道里記　訳註・山本弘道」、「行動記録」からなる。Ⅱイラン南道論の冒頭には次のように記されている。

ユーラシア大陸の東西文化を結ぶ広大な地域は、アフガニスタン、イラン、パキスタンである。あるときは東から張騫、玄奘が、また西からアレキサンダー大王、マルコ・ポーロが、この地域のどこかの道をあゆみつづけた。その道は、遠く日本にもとどき、今日、正倉院や法隆寺などにその流れを見出すことができる。

このような東西文化の交渉路は、大昔から北廻りの道（シルクロード）とイランの大砂漠の南縁からアフガニスタンのカンダハールを経由して中国へ向かうイラン南道、あるいはペルシャ湾沿いにパキスタン、インドへ向かう道などがあった。松田壽男博士は、その膨大な東西交渉史論の中でイラン南道論を展開してこられたが、１９７０年9月から翌年1月まで行動した早大西南アジア学術調査隊に隊長として参加され、広く当該地域を踏査された。

私たちは3台のジープで、パキスタンからアフガニスタンを経由してイランに入り、イラン南道を中心として歴史、考古の調査をつづけ、再びイランからパキスタンに戻った。この間、ヘルマンド地方をアフガニスタンとイランの両側から調査し、中国の古書にみえる「条支国」をペルシャ湾にのぞむブシュールに求め、同じくバンダルアバス近くの古の良港ホルムズをミナブ近郊に求め、ここでは13～14世紀の中国陶磁器を採集することができた。またイランのパキスタンに近いバルチスタンに入ることもできた。

このような試みは、私たちにとって初めての体験であったが、それぞれの分野でかなりの成果を得ることができた。ここにその一部を録する次第である。

早稲田大学西南アジア学術調査委員会

委員長：　松田壽男　早稲田大学教授・文学博士　日本イスラム協会理事長・内陸アジア史学会会長（東洋史学）

顧　問：　故安藤更生　早稲田大学教授・文学博士（美術史学）

故駒井和愛　東京大学名誉教授・文学博士　早稲田大学客員教授（東洋考古学）

三上次男　東京大学名誉教授・文学博士（東洋考古学・東洋史学）

委　員：　矢嶋澄策　早稲田大学客員教授・理学博士（地質学）

桜井清彦　早稲田大学教授（考古学）

古賀　登　早稲田大学教授（東洋史学）

川村喜一　早稲田大学助教授（オリエント考古学）

第一次調査隊メンバー

隊　長　松田壽男（66）　早稲田大学文学部教授（東洋史学）

隊長補佐　桜井清彦（47）　早稲田大学文学部教授（考古学）

矢嶋澄策（64）　早稲田大学客員教授（地質学）

川村喜一（39）　早稲田大学文学部助教授（オリエント考古学）

隊員　藤川繁彦（27）早稲田大学大学院文学研究科学生
髙橋信雄（26）同右
山本弘道（25）同右
向山淑子（24）同右
ヘンリー・スチュアート（29）
早稲田大学文学部学生
昆　彭生（24）同右
脇田重雄（24）同右
田中一三（20）同右

3　ガンダーラへの旅

仏典を求めて数千キロに及ぶシルクロードを旅した老僧がいる。中国東晋時代の法顕（三三七頃～四二二頃）である。三九九年、法顕は、六十五歳で長安を出発する。旅は、行く先々でお金や品物を施してもらう、いわゆる喜捨《きしゃ》を受けながらの旅である。様々な苦労の末、仏典を持って一人帰国した時、法顕は、七十七歳になっていたという。旅の記録は、『仏国記』（別名『法顕伝』）に記され、後の西域の旅の手本ともなった。

敦煌からタクラマカン砂漠を移動し鄯善国《ぜんぜん》（もとの楼蘭国）に至る状況は、次のように記されている。

敦煌太守李浩が〔資財を〕供給してくれたので、沙河《さか》を渡った。沙河中はしばしば悪鬼、熱風が現われ、これに遇《あ》えばみな死んで、一人も無事な者はない。空には飛ぶ鳥もなく、地には走る獣もいない。見渡すかぎり〔の広大な砂漠で〕行路を求めようとしても拠り所がなく、ただ死人の枯骨を標識とするだけである。

行くこと十七日、距離にしておよそ千五百里で鄯善国《ぜんぜん》に着くことができた。

（『法顕伝・宋雲行紀』長沢和俊訳注　東洋文庫一九四　平凡社　一九七一年）

一九九九年（平成十一）私は、法顕の旅の極々一部だけでも体験したいと思って「中国・パキスタン、パミールを越えて」というツアーに参加した。目的地は、千六百年前、法顕が長期滞在したというタシュクルガンと、七百の橋を渡ったというインダス川上流からガンダーラである。

北京・ウルムチ・カシュガルを経由し、カシュガルからは、小型バスでパミール高原に入り、タシュクルガンに向かった。このコースは、玄奘三蔵が帰路に通った道を逆に辿ることになる。

パミール高原（葱嶺）の五千メートルを超える白く輝く山々は、神々しく別世界に来たようであった。標高三千六百メートルの草原にあるカラクリ湖の南正面には、ムスタグアタ（七千五百九メートル）が目の前にあり、緩やかな傾斜は、直ぐにでも登れそうな錯覚を覚えたし、音のない不思議な世界に迷い込んだ感じがした。

世界の屋根といわれるパミール高原の中央部に位置するのが、タシュクルガンである。標高三千二百十二メートルの所に石頭城があり、古くからシルクロードの要衝として栄えた町である。

タシュクルガンは、それまで多く見てきたウイグル族ではなくイラン系のタジク人が多かった。

タシュクルガンは、法顕の『仏国記』には、竭叉《かっしゃ》国とあり、「この国はちょうど葱嶺の中央にある。葱嶺からさらに進むと、草木果実みな異なっており、ただ竹と安石留《ざくろ》と甘蔗《さとうきび》の三つだけが漢（中国）の地と同じである。」

と記されている。

法顕は、五年大会《だいえ》のためここに長く滞在している。朝早く石頭城に一人で出かけた。後漢末に築城されたという城壁が高くそびえていたが、中に入ることが出来た。廃墟の中からではあるが、遠くにそびえるコングール山（七千六百四十九メートル）も含め、風景は法顕の見た景色だと思うと感慨深かった。

カシュガルからガンダーラを結ぶカラコルム・ハイウェイは、中華人民共和国の新疆ウイグル自治区最西部とパキスタンのギルギット・バルティスタン州を結ぶ約千三百キロに及ぶ道路で、古代シルクロードをなぞって建設され、一九八二年（昭和五十七）に完成している。

中国とパキスタンの国境は、標高四千九百三十四メートルのクンジュラブ峠にあり、舗装道路としては世界一の高所を通る道路である。パミール高原を経由してきたせいか、高山病の兆候は全く無かったが、歩くと体が軽く感じられた。

法顕は、インダス川上流に辿り着いた時の様子を『仏国記』に次のように記している。

懸度　山なみに従って西南方に十五日進んだ。その道は嶮岨で断崖絶壁ばかり、その山は石ばかりで壁の如く千仞《せんじん》の谷をなし、見下すと目がくらむほどで、進もうと思っても足をふむ処もない。眼下に川が流れ、インダス川〈新頭河〉という。〔ここには〕昔の人が石を刻んで道を作り、傍梯を作ってある。およそ渡ること七百〔箇所〕、〔傍《はし》梯《ご》〕

を渡り、吊橋を踏んで河を渡った。河の両岸の距離は八十歩たらずである。〈この辺りは〉まさに九訳の絶する処であり、漢の張騫《ちょうけん》や甘英《かんえい》もみな至らなかったところである。

実際にインダス川上流の渓谷は、極めて深く切り立っており、断崖に穴を穿《うが》って杭《くい》を刺し、丸太を渡した梯の痕跡が、旧道の一部に認められる。

また、このインダス川上流の渓谷には、各所に仏教文化東漸の道の痕跡を見ることが出来る。

ギルギットの町の近くの岸壁に摩崖仏《まがいぶつ》がある。カラコルム山脈のガールガー氷河から流れだした清流のガールガー川の谷に切り立つ岩壁にあり、ガールガーの大仏と呼ばれる。地上から五十メートルほどの所にあるので小さく見えるが、全高約五メートル、幅約三メートルのどっしりとした感じの立ち姿の浮彫の仏様である。

印相は、右手を上げて掌を正面に向けた施無畏印《せむいいん》で、左手は下げた与願印《よがんいん》である。摩崖仏の周囲には木造の庇《ひさし》がついていたらしく孔《あな》がみられる。七世紀から八世紀のものとされている。

ギルギットから百二十キロほど南下した、ギルギット川とインダス川の合流あたりで、ナンガ・パルバット山（八千百二十六メートル）が正面に見えた。その近くのインダス川下流沿いに「チラスの岩絵」があった。

チラスは、ギルギットとガンダーラのほぼ中間に位置し、古くから隊商の町として栄えたという。この近くには、岩の表面を敲《たた》いて描いた岩絵が多くあり、岩絵の内容も文字も各種あり、なかには紀元前から描かれたものもある。

紀元前三世紀から紀元三世紀にかけて書かれたカローシュティー文字（パキスタン北部とアフガニスタン東部で使用された文字）の銘文があり、オオツノジカや羊の狩猟図もあったが、多いのは法輪や仏塔、仏像など仏教関係のものである。なかには、初転法輪や降魔成道など仏伝画もある。銘文にはソグド文字もみられる。

チラスから七十キロ下流にあるのが、「シャティアールの岩絵」である。シャティアールの岩絵は、インダス川左岸の河原にある中央の高さ五メートル、幅十二メートルほどの巨岩を中心に、それを取り囲むように大小様々な岩があり、碑文や仏塔、釈尊像や仏伝図が描かれている。

四世紀から八世紀のものとされ、銘文にはカローシュティー文字、グプタ文字（四世紀から八世紀に北インドのグプタ朝で使われた文字）、ソグド文字などの碑文がみられる。

『仏国記』には「ウジャーナ〈烏萇〉国はインドの真北〔にある〕国である。〔ここでは〕ことごとく中インド〈中天竺〉語を用いている。中インドはいわゆる〔インドの〕中国である。〔ウジャーナの〕俗人の衣服や飲食も、また中インドと同じである。仏法ははなはだ盛んである。衆僧の住む処を僧伽藍という。〔ここには〕およそ五百の僧伽藍があり、みな小乗学である。」とあり、また、ガンダーラ国には、次のように書いている。

〔ナガラハーラで〕夏坐を終わり、南下してスハタ〈宿呵多〉国に到る。この国の仏法もまた盛んである。〔ここは〕むかし天帝釈が菩薩を試し、鷹と鴿《はと》に化し、〔菩薩が〕肉を割いて鴿をあがなった処である。〔のちに〕仏が成道してから、諸弟子と遊行し〔た際〕、ここはもと私が肉を割いて鴿をあがなった処だと語った。国人はそれでそのことを知り、ここに塔をたて金銀で校飾《かざ》った。ここから東へ五日下って行くと、ガンダーラ〈犍陀衛〉国に到った。

ガンダーラは、現在のパキスタン北西部に存在した古代王国で、カブール川からインダス川まで境域としてペシャワール渓谷を中心とした地域で栄えた。この地方は、ペルシャ、中央アジア、インドを結ぶ重要な交通路であった。

仏教は、ガンダーラで大きく動いたとされる。ガンジス川中流域で生まれた仏教がガンダーラの地に根付くのは紀元前三世紀頃で、この頃のガンダーラは、異民族、異文化が交錯していた。

アムダリヤ流域のバクトリア系ギリシャ人やサカ、パルティア、クシャーナといった遊牧民族が次々とガンダーラに侵入してくる。絶えざる異文化接触の中から新たな仏教文化がつくられたと考えられている。

ガンダーラに入って来た遊牧民は、世俗の利を求めて仏塔信仰を受容し、一族の繁栄や無病息災を願って多くの仏塔が造られ、仏塔信仰の中から、仏陀を人間の姿で表現する仏像が生まれる。

大乗仏教は、異民族による仏塔信仰が隆盛するなか、伝統仏教（小乗仏教）の改良に努める者たちも現れ、教えを他者に伝えることを決意した仏陀の精神が異民族・異文化にも拡大される。それが、大乗経典の制作となり、経典の翻訳活動に繋がる。

他者を利する精神の発揚が、ありとあらゆる他者が乗船可能な大きな乗り物、つまり大乗仏教となり、大乗仏教はガンダーラの地において、世界宗教としての歩みを始める。

ガンダーラの北部に位置し、スワート渓谷の仏教文化を代表するのが「ブトカラ遺跡」である。中央に基底の直径が十七・四メートルもある円形の大ストゥーパがある。その周囲を二百十五基の奉献塔が周囲を囲んでいる。大ストゥーパの基壇は、紀元前三世紀のアショーカ王築造以来、紀元前二世紀から紀元前一世紀のパルティア時代、一世紀から三世紀のクシャーナ時代などに四回から五回にわたって拡張された。

外側の回廊の床にアフガニスタン産のラピス・ラズリが敷き詰めた箇所がある。かつては、緑や黄色のガラスもあったという。大ストゥーパを護《まも》るように座った獅子像があるが、狛犬《こまいぬ》のルーツといわれる。

ガンダーラを一望する山麓に大乗仏教の山岳寺院がある。「タフティ・バーイー遺跡」である。二世紀中頃、クシャーナ朝カニシカ王の時代に建造が始まったとされ、四世紀までは主要部が完成し、仏教の聖地として栄えた。塔院、奉献塔区、僧院、会堂などのある壮大な寺院跡である。一九八〇年タキシラ遺跡群と共に世界文化遺産に登録されている。

タキシラは、紀元前六世紀からエフタルの破壊があった五世紀までの約千年間の歴史を持ち、いくつかの遺跡群からなる。

ビール・マウンドは、タキシラの都市遺跡の中でも最も古い遺構である。いちばん古い層は、アケメネス朝時代であり、次にマウリア王朝時代のものがあるが、バクトリア時代シルカップが建設されたため放棄された。

ダルマラージカーは、最古の仏教遺跡の一つでアショーカ王の時代に遡《さかのぼ》るとされる。高さ十五メートル直径五十メートルのメイン・ストゥーパの周囲には、小ストゥーパ群の建設が四世紀頃までなされ、多数の祠堂《しどう》や僧院も建てられたという。

代表的な都市遺跡シルカップは、紀元前二世紀に建設され、約三百年にわたって栄えた。バクトリアのギリシャ人が建設したといわれ、ギリシャ様式がみられる。仏教寺院やストゥーパなどもある。

4　西トルキスタンへの旅

前述したが、シルクロードに憧れる端緒は、胡椒や胡麻、胡瓜などの「胡」字へのこだわりであった。

中国の時代区分にみられる五胡十六国時代の五胡は、三世紀から四世紀に北方や西方から中国に移住してきた匈奴《きょうど》・鮮卑《せんぴ》・羯《けつ》・氐《てい》・羌《きょう》の五つの非漢民族を指す。

匈奴は北方遊牧民族、鮮卑はモンゴル系で半牧半農の民族、羯は北西部遊牧民族で特徴は目が窪み、鼻が高く、髭《ひげ》が濃い等の記録から西方の種族とされ、氐と羌は、チベット系遊牧民族とされる。

胡人とは、中国人が北方や西方の諸民族を呼ぶ総称として使われた。紀元前三世紀に匈奴が勃興《ぼっこう》してからは、胡は匈奴の同意語として用いられたが、漢代には西域人を胡ということもあったが、北方民族を指すこともあった。

パミール以西のイラン系の民族、特にソグド人も胡と呼ばれ、魏晋《ぎしん》南北朝時代以後は、もっぱらソグド人の意味に用いられるようになる。

ソグド人は、アムダリヤとシルダリヤの中間に位置する中央アジアのザラフシャン川流域のソグディアナ地方に住んでいたイラン系のオアシスの農耕民族であったが、商業を得意として定住にこだわらず、シルクロード周辺域の隊商をはじめとして多様な経済活動を行った。その中心都市がサマルカンドである。

玄奘の『大唐西域記』には、颯秣建国とあり、作家・井上靖は『西域物語』（一九六九年　朝日新聞社）で次のように記した。

アフガニスタン　ロッシュ・ジュワイン城
ファラー川の断崖にペルシャ時代に築かれたと伝えられる城塞。

アフガニスタン　ボスト宮殿
ヘルマンド川沿いに築かれたガズニー朝（10世紀～12世紀）の離宮。

イラン　ペルセポリス
アケメネス朝ペルシャ帝国の都。紀元前520年、ダレイオス１世によって建設された。紀元前４世紀、マケドニアのアレクサンドロス大王の東方遠征によって破壊され、廃墟となった。世界遺産。

イラン　ナクシェ・ロスタム
ペルセポリスの北６㎞にある巨大岸壁遺跡。アケメネス朝ペルシャのダレイオス１世等の十字形岩窟墓がある。

イラン　ナクシェ・ロスタム
岩窟墓のほか、ササン朝のレリーフやゾロアスター教の拝火壇もある。

イラン　ナクシエ・ロスタムにて
1970年12月、ナクシェ・ロスタム付近でパトロール中のポリスと筆者。

中国　パミール高原　カラクリ湖
海抜3,600mにある湖。正面がムスタグアタ山（7,509m）。

中国　タシュクルガン　石頭城内
正面の雪を被った山が崑崙山脈最高峰のコングール山（7,649m）。

パキスタン　チラス岩絵
巨岩を敲いて描いた岩絵。法輪、仏塔、仏像の絵が多い。

パキスタン　タフティ・バーイー遺跡
ガンダーラの平野部を望む山岳寺院。

ウズベキスタン　ソグド人の壁画
サマルカンドのアフラシャブの丘で発見された宮殿の壁画。

ウズベキスタン　ヒヴァ城塞内
博物館都市として世界遺産登録されている。16世紀に築かれた二重の壁に囲まれた城の内城（イチャンカラ）は、博物館機能を持つ。

エジプト　聖カタリーナ修道院
６世紀に東ローマ帝国皇帝ユスティニアヌス１世の命で、モーセが神の言葉を授かった「燃える柴」の伝承地に建てられた、キリスト教正教会最古の修道院。世界遺産。

エジプト　キーラーニー遺跡調査
14～20世紀の遺跡。建物は、オスマン帝国以降に建築されたサンゴ建造物。

エジプト　ラーヤ遺跡発掘
海を見下ろす84.5m四方の城塞と、その下に広がる倉庫群と住居群からなる 8～12世紀の遺跡。

エジプト　ラーヤ遺跡で
2010年、エジプトのラーヤ遺跡を訪れた際のライス（人夫頭）のハッサーニと筆者。

この国の都城は極めて堅固で、住民も多く、他国の物産はここに集っている。土地は肥沃で、果樹は繁り、多く善馬を出し、工芸の技術は他国より秀でている。西域の諸族は、この国を中心とし、住民の出所進退は礼儀に則っており、王も豪勇であれば、兵馬も強盛である。

ソグド人は、独自のソグド文字を使用しており、中国の敦煌やモンゴル、インド、パキスタンでもソグド文字の文書や碑文が発見されており、ソグド人がいかに国際商人として活躍したか窺うことが出来る。

しかし、七世紀後半以降、ソグディアナは、アラブの侵攻を受け、殺戮《さつりく》と略奪、徹底的な破壊が繰り返され、各地に逃亡を図るも執拗《しつよう》な追撃を受けて、ソグド人の文化は、建築物だけでなくソグド語やソグド文字までも消滅してしまう。

ソグディアナの悲劇は、アラブの侵攻前にもあった。紀元前三二九年アレキサンダー大王の遠征軍が、アムダリヤに渡って、ソグディアナに入り、この地を制圧する。

サマルカンドは、アレキサンダー大王の侵攻、アラブ勢力の破壊だけではない、一二二〇年モンゴル軍の攻撃で、街の人口の四分の三以上が殺され壊滅的な被害を受ける。

私は、かなり早くからサマルカンドに行ってみたいと思っていた。井上靖も学生の頃からサマルカンド行きが夢だったと書いているが、その本（『シルクロード行下　井上靖歴史紀行文集　第三巻』一九二二年　岩波書店）を読んで満足していた。

二〇〇四年（平成十六）突如、サマルカンド行きの夢がかなった。同僚で親しくしていただいていた昆野《こんの》靖《はかる》さんが、サマルカンド国立外国語大学・日本文化センターで日本語の先生をしていることを知り、無理を言ってサマルカンドに伺うことにした。

紀元前のアレキサンダー大王に始まり、八世紀、十三世紀と戦火にみまわれたサマルカンドは、十四世紀ティムール帝国として蘇る。

モンゴル軍に徹底的に破壊された旧サマルカンドは、見渡すかぎり茫漠《ぼうばく》たる丘が続くアフラシャブの丘として今も残る。この、丘の麓にあるサマルカンド歴史博物館で壁画の胡人に出会うことが出来た。

アフラシャブの丘の発掘調査で発見された七世紀頃のフレスコ画は、領主宮殿の玉座の間を飾っていたものとされる。一つは、婚礼

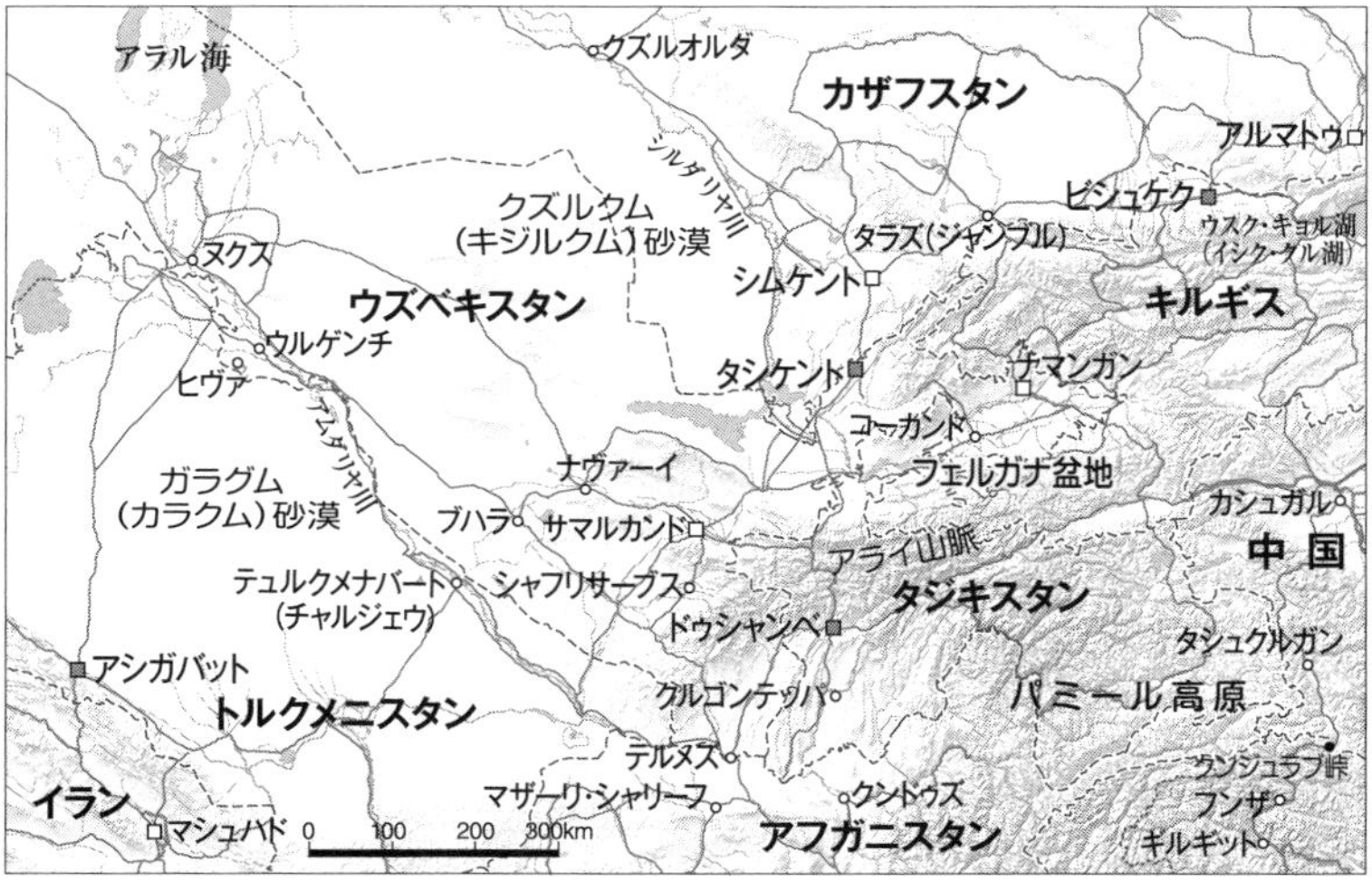

の行進の様子が青地を背景に、白い象に乗った花嫁とひとこぶラクダに乗った二人の外国人行使を白鳥なども織り交ぜて描かれていた。

ティムール帝国後のサマルカンドは、シルクロードの代表的なオアシス都市として、「青い都」とか「イスラーム世界の宝石」とか「東方の真珠」と呼ばれる都市として蘇った。

そこは、抜けるような青空と深い色合いの青いドームが映えるなんとも美しい都市であった。

その中心は、三つのメドレッセが生み出す調和されたレギスタン広場であり、ティムール一族が眠るグリ・アミール廟《びょう》であり、青の色鮮やかな霊廟が並ぶシャーヒズィンダ廟群、中央アジア最大のモスクであるビビハニム・モスクである。

ティムール帝国崩壊後西トルキスタンの大砂漠地帯は、ブハラ汗国《はんこく》、ヒヴァ汗国、コーカンド汗国といった独立小王国が並立する。

この頃になるとソグド人もソグド文化も全く見られず、モンゴルの血、トルコの血、ペルシャの血、その他数えきれない民族の血が入り交じり、その容貌も、その言語も多種多様なものになる。

ウズベク人、タジク人、トルクメ人などであるが、これらは、代表的なもので数多くの民族が雑居する。

一五九九年（慶長四）ジャーン朝が興り、ブハラに都が移される。以後ブハラは、ブハラ汗国の首都として一九二〇年（大正九）までシルクロードの町として栄え、中世都市としての雰囲気を持っている。

アムダリヤ川の下流域の町ヒヴァは、アムダリヤ川の水系が変わった十七世紀に首都が移されホレズム地域の政治、経済、宗教の中心地になる。

ヒヴァの町は城壁に囲まれ、二十のモスク、二十のメドレッセ、六基のミナレット等数多くの建造物が残されており、一九六九年（昭和四十四）に全体が「博物館都市」に指定され、一九九〇年（平成二）サマルカンド、ブハラ、シャフリサーブス（ティムールの生誕地）と共に世界遺産に登録された。

二〇〇四年の旅では、サマルカンドから、シャフリサーブス、ブハラからヒヴァまでキジルクム砂漠をタクシーで横断することが出来たし、世界遺産に含まれるヒヴァのホテルのテラスで誕生日を祝って飲むウォッカは、格別な味がした。

二〇一〇年（平成二十二）には、ウズベキスタンを再訪し、トルクメニスタンにも足を延ばした。目的の一つは、二世紀の訳経僧《やっきょうそう》・安世高《あんせいこう》の出身地を訪ねることにあった。安世高は、パルティア（安息国）の王子に生まれながら王位を叔父に譲り、出家して後漢の都・洛陽《らくよう》で二十年にわたって経典を漢訳した僧である。パルティアの都「ニサ遺跡」を見て、その後、中央アジア最大の遺跡とされ、仏教の経文の入った壺が発見された「メルブ遺跡」も巡ってきた。

5　シナイ半島の発掘調査

エジプトのイスラーム都市フスタート遺跡から膨大な量の中国陶磁器が発掘されている。調査を行った三上次男《みかみつぎお》先生は、中世の東西世界に渡された海上交通によって運ばれたものであることを実証し、その海上の道を「陶磁の道（セラミック・ロード）」と呼んでいる。

エジプトの首都カイロの前身であるフスタート遺跡の日本隊の発掘調査は、一九七八年（昭和五十三）の早稲田大学フスタート遺跡調査隊によって開始された。調査隊長は、早稲田大学の桜井清彦教授であり、顧問は中近東文化センター三上次男理事長、調査主任は中近東文化センターの川床睦夫《かわとこむつお》氏である。

この後、陶磁の道の実態を明らかにすることを目的とした東西海上交流史の実証的研究が、シナイ半島を中心として、中近東文化センターの川床睦夫氏によって行われる。

中近東地域は、ユーラシア大陸とアフリカ大陸を結ぶ接点にあたり、なかでもシナイ半島は、二つの大陸を結ぶだけではなく、紅海を通じてインド洋世界と地中海世界を結ぶ地点にある。

古代以来、二つの大陸と海域世界を繋ぐ大きなルート、陸の道と海の路の交差する所として重要性を持っていた。

一九八五年（昭和六十）から「モノの世界から見た中東文化・イスラーム文化」を総合タイトルとしたシナイ半島の調査が、中近東文化センター川床睦夫氏によって手掛けられる。その調査の中心になったのが、シナイ半島の「トゥール・キーラーニー遺跡」であり、「ラーヤ遺跡」の発掘調査である。

二〇〇八年（平成二十）からシナイ半島の調査は、中近東文化センターからイスラーム考古学研究所（川床睦夫所長）に引き継がれ、筆者も共同研究員としてお手伝いすることとなった。

シナイ半島は、古代から銅やトルコ石などの産地として知られていたが、旧約聖書の「出エジプト記」の中で、モーセが十戒を授かったのがシナイ山と信じられるようになるとシナイ半島南部は、聖なる地となる。

六世紀ビザンティン帝国のユスティニアヌス帝（五二七―五六五）は、シナイ山とライソウに要塞化された修道院を寄進する。シナイ山修道院は、聖カタリーナ信仰と結びつき聖地巡礼の地となった。巡礼者用の港、修道院への物資輸送のための港としてラーヤ遺跡が建設された。

イスラーム時代に入るとラーヤは、シナイ山麓にあるシナイ山修道院（世界遺産・聖カタリーナ修道院地域）の外港として重要性が増し、九・十世紀に繁栄期を迎えた。

紅海が東西海上交易路主要路となる十世紀後半以降ラーヤは、紅海の重要な港として地理書に記載される。しかし、十二世紀突如廃棄され、約八キロ北のトゥール・キーラーニーに移動する。

十四世紀にトゥール・キーラーニーの港湾施設が整備され、イエメン方面の船を寄港させるようになると、この港は国際商業港として重要性を増したが、十六世紀中頃からスエズ港の繁栄に伴い衰退する。

トゥール・キーラーニー遺跡は紅海に面した、全長四百メートル、奥行き二百メートルほどであり、オスマン帝国以降に珊瑚《さんご》ブロックで建造された建物があった。

珊瑚建築物は、民家調査の上、一部（六棟）を保存し、他は撤去して調査を行った。文化層は、上から順に第一文化層（十八世紀～二十世紀）、第二文化層（十六世紀から十八世紀）、第三文化層（十四世紀～十六世紀）を確認し、第三文化層が公共建物群、第二・第一文化層は私的な住居群で占められていることが明らかとなった。

出土した遺物は、国際色豊かで、西はスペインのアンダルシアから、東は中国の製品まである。

エジプトやシリア・パレスティナ等の近隣地域の焼物では、型製の巡礼壺やマムルーク陶器、トルコ陶器などがある。また、当時の貴重な商品であった南アラビア産の乳香と共にもたらされたと考えられる素焼きの香炉が多数発見されている。

中国陶器は、第三文化層から十三世紀～十四世紀の龍泉窯青磁《りゅうせんようせいじ》、第二文化層からは明・

清時代の染付《そめつけ》、いわゆる貿易陶磁が大量に出土している。

これらの陶磁器はフィンジャーンと呼ばれる碗の形が多く、当時のコーヒー飲用と交易が密接に関わっていたことが分かる。このほかの外来の陶器は、明で貿易制限が行われた十五世紀を中心にミャンマー、タイ、ヴェトナム等の東南アジアなどの陶器が出土している。

また、ほぼ同時期に、キプロス、ファエンツア、アンダルシアなどのヨーロッパの陶器も流入している。

ガラス器も多く出土している。細長く斜めに曲がった頸に扁平な胴部を持つ無色透明のガラス瓶が大量に出土している。これらはギリシャ正教会からも発見されていることから、聖水瓶として利用されたと考えられる。

また、「トゥール文書」といわれる文書類の発見もある。十六世紀の文書類と第一文化層のモダン層から発見された十九世紀の文書に分けられるが、紅海貿易をはじめ、この地区で生活していた人々の活動を知る貴重な資料である。

ラーヤ遺跡は、城塞、そのすぐ下の倉庫群のある公共建物群、これと海に挟まれた居住区で構成される。

城塞は、一辺八十四・五メートルの正方形プランで四隅と各辺の中央に方形プランのタワーを持つ。海に面した南西壁に二タワーで構成される塔門がある。この門には二つの門《もん》扉《ぴ》があり、通り抜けると中央街路になり、内部は八本の街路で五つの街区に分割される。

正門を入ってすぐ右手の街区がモスクで、九世紀には存在したと考えられている。キブラ（メッカの方向）面の壁は、方位に合わせて建物の方位とは大きく振れている。キブラ面にはミフラーブ（キブラを示す壁龕）があり、上部に組まれたアーチが倒壊して発見された。ラーヤ遺跡のモスクは、シナイ半島におけるイスラーム化、そしてキリスト教徒との共生の問題を考える上で貴重な資料となった。

海岸部に近い住居群の発掘では、出土品の年代が城塞区の出土品よりも古く、大部分が八世紀のものであった。土器やガラス器などにパレスティナの影響が色濃くみられる。ラーヤ遺跡の出土遺物は、城塞区と居住区で特徴が分かれる。これは、居住区がパレスティナの影響が濃い土器とガラス器が中心であるのに対し、城塞区では、土器などの日用品に加えて、九世紀以降のエジプトやイラク製の陶器、多色および淡色のラスター彩陶器、貼付青緑釉大壺、エジプト製やイラク製の陶器、ガラス器、石製容器、織物などの高品質交易品が出土している。

この遺跡の特徴としてガラス器の出土量が極めて多いことが挙げられる。八世紀から十一世紀の装飾ガラスの変遷と地域性を見ることが出来る。

このほかにビーズなどの装身具類も豊富であるが、コプト人形など、キリスト教徒との関係を示す遺物も出土する。また、金属製、木製、石製の各種道具類も出土している。貴重な金貨やグラス・ウェイトも出土している。また、エジプト製のコプト織と呼ばれる織物に加え、インドのグジャラートから渡ってきた藍染《あいぞめ》も多数発見されており、重要なインド洋交易の証《あかし》を示している。

憧れのシルクロードを最初に訪れてから五十年以上になる。早稲田大学西南アジア学術調査隊での異文化体験は強烈なものであり、その後、異文化体験を求めて度々旅に出ることになった。また、アフガニスタンのバーミヤンで出会った大仏に刺激され、仏教の伝播を辿ることにもなった。さらに、マリーン・ロードの港町を実際に発掘調査することが出来て、シルクロードの交易を実感出来たことも意義ある見聞であった。

おわりに

手元に『日本詩人全集20　宮沢賢治』（昭和四十七年　新潮社）がある。表紙の裏に「昭和四十七年五月九日　宮沢清六《せいろく》　髙橋信雄様」と書いてある。宮沢邸に伺い頂戴したものである。宮沢賢治の世界に近づく絶好の機会であったが、当時の私には、賢治の世界はあまりにも遠い存在であり、この本は、長い間、本棚に置かれたままであった。

近年になって、宮沢賢治関連施設がある恵まれた環境の下で、様々な賢治関係資料に接するようになる。特に子供の頃からの憧れであった「シルクロード」や「西域」をキーワードにすることによって、ようやく宮沢賢治の世界に一歩近づくことが出来た。西域に関連する童話等を繰り返し読み、多田等観について調べ、西域で栄えた大乗仏教の経典の概説書を読んでいく中で、微《かす》かに見えてきたものがある。

それは、賢治の西域作品には、大乗仏教の他利に基づく菩薩道の道を標したものがあるということと、どんな人でも救われる可能性を説いた法華経の菩薩道の実践者としての宮沢賢治の姿である。また、多田等観の真っすぐな生き方が宮沢賢治の菩薩道に通じるものがあるということも分かった。さらに、宮沢賢治と多田等観には、法界縁起に説かれるように、縁によって様々な繋がりがあるということも実感出来た。これが本書の原点である。

宮沢賢治の実弟・宮沢清六さんのお宅に伺ったのは、北上市の司東真雄《しとうしんゆう》先生の紹介であった。司東先生は、北上市の菊池啓治郎先生や恩師・桜井清彦先生と共に北上市江釣子《えづりこ》の猫谷地《ねこやち》古墳群の発掘調査でご一緒された先生方である。先生方のご指導で、猫谷地古墳群は、私の考古学の土台となった。また、西域に関しても桜井先生と菊池先生には多くの話を聞き、大いに刺激を受けた。

本書を書き終えて今思うのは、今は亡き先生方への感謝の気持ちである。また、多田等観について指導してくれた花巻市博物館の学芸員であった寺澤尚氏、シナイ半島の遺跡でご一緒し、西トルキスタンの見聞でもお世話なった昆野靖氏、シナイ半島の調査で指導していただいた川床睦夫氏の三人とも、鬼籍に入られた。西域への夢を実現させてもらった方々に、本書を借りて、改めて感謝申し上げ、ご冥福《めいふく》をお祈りしたい。

本日は、奇しくも宮沢賢治没後九十年の命日である。合掌。

二〇二三年九月二十一日

引用・参考文献

『宮沢賢治全集1「春と修羅」「春と修羅　補遺」「春と修羅　第二集」』宮沢賢治　一九八六年　筑摩書房
『宮沢賢治全集2「春と修羅　第三集」「詩ノート」「疾中」』宮沢賢治　一九八六年　筑摩書房
『宮沢賢治全集3　短歌　冬のスケッチ　三原三部　ほか』宮沢賢治　一九八六年　筑摩書房
『宮沢賢治全集5　貝の火　よだかの星　カイロ団長　ほか』宮沢賢治　一九八六年　筑摩書房
『宮沢賢治全集6　ビジテリアン大祭　土神ときつね　雁の童子　ほか』宮沢賢治　一九八六年　筑摩書房
『宮沢賢治全集7　銀河鉄道の夜　風の又三郎　セロ弾きのゴーシュ　ほか』宮沢賢治　一九八六年　筑摩書房
『宮沢賢治全集8　注文の多い料理店　オツペルと象　グスコーブドリの伝記　ほか』宮沢賢治　一九八六年　筑摩書房
『宮沢賢治全集10　農民芸術概論　手帳　ノート　ほか』宮沢賢治　一九八六年　筑摩書房
『島地大等和上行實』白井成允　一九三三年　明治書院
『ものいわぬ農民』大牟羅良　一九五八年　岩波書店
『西域物語』井上靖　一九六九年　朝日新聞社
『法顕伝・宋雲行紀』東洋文庫一九四　長沢和俊訳注　一九七一年　平凡社
『日本詩人全集20　宮沢賢治』一九六七年　新潮社
『東西文化交流史』松田壽男古稀記念出版委員会編　一九七五年　雄山閣
『チベット旅行記』河口慧海　長澤和俊編　一九七八年　白水社
『チベット』多田等観　一九八二年　岩波書店
『華厳の思想』鎌田茂雄　一九八八年　講談社
『漢和對照　妙法蓮華經』島地大等　一九八七年　国書刊行会
『宮沢賢治と西域幻想』金子民雄　一九八八年　白水社

『陶磁の道—東西文明の接点を訪ねて—』三上次男　一九八九年　岩波書店
『シルクロード行上　井上靖歴史紀行文集第二巻』井上靖　一九九二年　岩波書店
『シルクロード行下　井上靖歴史紀行文集第三巻』井上靖　一九九二年　岩波書店
『動乱の中央アジア探検』金子民雄　一九九三年　朝日新聞社
『チベット滞在記』（ハードカバー）多田等観　一九八四年　白水社
『修訂増補　観音山』畠山博志編著　一九九五年
『共生と縁成』木村清孝　一九九九年　日本仏教学会年報
『スケッチガイド　遥かなるシルクロード　北京からイスタンブールまで』長澤和俊　二〇〇〇年　里文出版
『宮沢賢治と中国　賢治文学に秘められた、遥かなる西域への旅路』王敏　二〇〇二年　サンマーク出版
『西域への道　シルクロードと大谷探検隊』大阪府立近つ飛鳥博物館図録28　二〇〇二年　大阪府立近つ飛鳥博物館
『中村元　現代語訳大乗仏典2「法華経」』中村元　二〇〇三年　東京書籍
『中村元　現代語訳大乗仏典5「華厳経」「楞伽経」』中村元　二〇〇三年　東京書籍
『華厳とは何か』竹村牧男　二〇〇四年　春秋社
『デクノボーになりたい　私の宮沢賢治』山折哲雄　二〇〇五年　小学館
『多田等観　チベット大蔵経にかけた生涯』多田明子・山口瑞鳳編　二〇〇五年　春秋社
『シルクロード入門　絹の道の全貌とその魅力』監修　長澤和俊　二〇〇五年　東京書籍
『国際セミナー　モノの世界から見た中東文化・イスラーム文化』川床睦夫編　二〇〇五年　中近東文化センター
「チベット学の先駆、多田等観と花巻—博物館に寄贈された多田等観の書簡類を中心に—」寺澤尚　『花巻市博物館研究紀要』第2号　二〇〇六年　花巻市博物館
『北東北自然史博物館—大地と生きものふしぎ旅行—』第二回北東北三県共同展実行委員会編　二〇〇七年

『河口慧海日記　ヒマラヤ・チベットの旅』河口慧海　奥山直司編　二〇〇七年　講談社
『多田等観全文集』多田等観著・今枝由郎監修　二〇〇七年　白水社
「入蔵者の記憶―『観音山』にみる多田等観と湯口の人々―」高本康子　『花巻市博物館研究紀要』第4号　二〇〇八年　花巻市博物館
『視えざる森の暮らし　北上山地・村の民俗生態史』岡惠介　二〇〇八年　大河書房
『宮沢賢治イーハトヴ学事典』天沢退二郎・金子務・鈴木貞美編　二〇一〇年　弘文堂
『西域　流沙に響く仏教の調べ』能仁正顕編　二〇一一年　自照社出版
『エジプトのイスラーム時代の遺跡―フスタート・トゥール・キーラーニー・ラーヤ』川床睦夫・真道洋子編　二〇一一年　早稲田大学イスラーム地域研究機構
『華厳経を語る』宮嶋資夫　二〇一二年　大東出版社
『特別展「仏教の来た道　シルクロード探検の旅」』龍谷大学龍谷ミュージアム編　二〇一二年　読売新聞社
『島地黙雷「政教分離」をもたらした僧侶』山口輝臣　二〇一三年　山川出版社
『新装版　宮沢賢治ハンドブック』天沢退二郎編　二〇一四年　新書館
『特別展「チベットの仏教世界　もうひとつの大谷探検隊」』龍谷大学龍谷ミュージアム編　二〇一四年　産経新聞社・京都新聞社
『宮沢賢治の原風景を辿る』吉見正信　二〇一四年　コールサック社
『「赤い経巻」とは何か：宮沢賢治と法華経』吉丸蓉子　二〇一七年　セーコー印刷
『没後50年　多田等観―チベットに捧げた人生―』花巻市博物館編　二〇一七年　花巻市博物館

髙橋信雄（たかはし　のぶお）
1943年岩手県花巻市生まれ。早稲田大学文学部卒業。岩手県立博物館学芸部長、花巻市博物館館長、岩手大学教育学部非常勤講師を務める。日本考古学協会会員。著書に『祈りと遊び　花巻人形の世界』、共著に『日本の古代遺跡 51 岩手』がある。

西域・宮沢賢治と多田等観

2024年 2 月25日　初版第 1 刷発行

著　　者　髙橋 信雄

発　　行　小学館スクウェア
〒101－0051
東京都千代田区神田神保町2－19　神保町SF Ⅱ 7F
Tel：03－5226－5781　Fax：03－5226－3510

装　　幀　ポイントライン
組　　版　株式会社鷗来堂
地図制作　小学館クリエイティブ
印刷・製本　三晃印刷株式会社

Printed in Japan　ISBN978-4-7979-8766-9